光文社知恵の森文庫

酒井充子

台湾人生

かつて日本人だった人たちを訪ねて

光文社

本書は『台湾人生』（二〇一〇年、文藝春秋刊）に加筆し、文庫化したものです。なお、日本語世代の方々の会話中に、現代では不適切とされている表現もありますが、当時の時代背景を表すものとしてそのまま表記いたしました。何卒ご理解ください。

はじめに

台湾のお年寄りは日本語を流暢《りゅうちょう》に話す、ということを聞いたことがある人は多いと思う。その台湾の〝日本語世代〟に、子どものころから現在に至るまでの話を聞いた。

本書は、通訳をいっさい介さず、すべて日本語によるインタビューの中で彼らが語った言葉をもとに構成している。できるだけ本人の言葉遣いや口調をそのままにした。

彼らの言葉をまっすぐ届けることができれば、本書の目的は達せられると信じている。

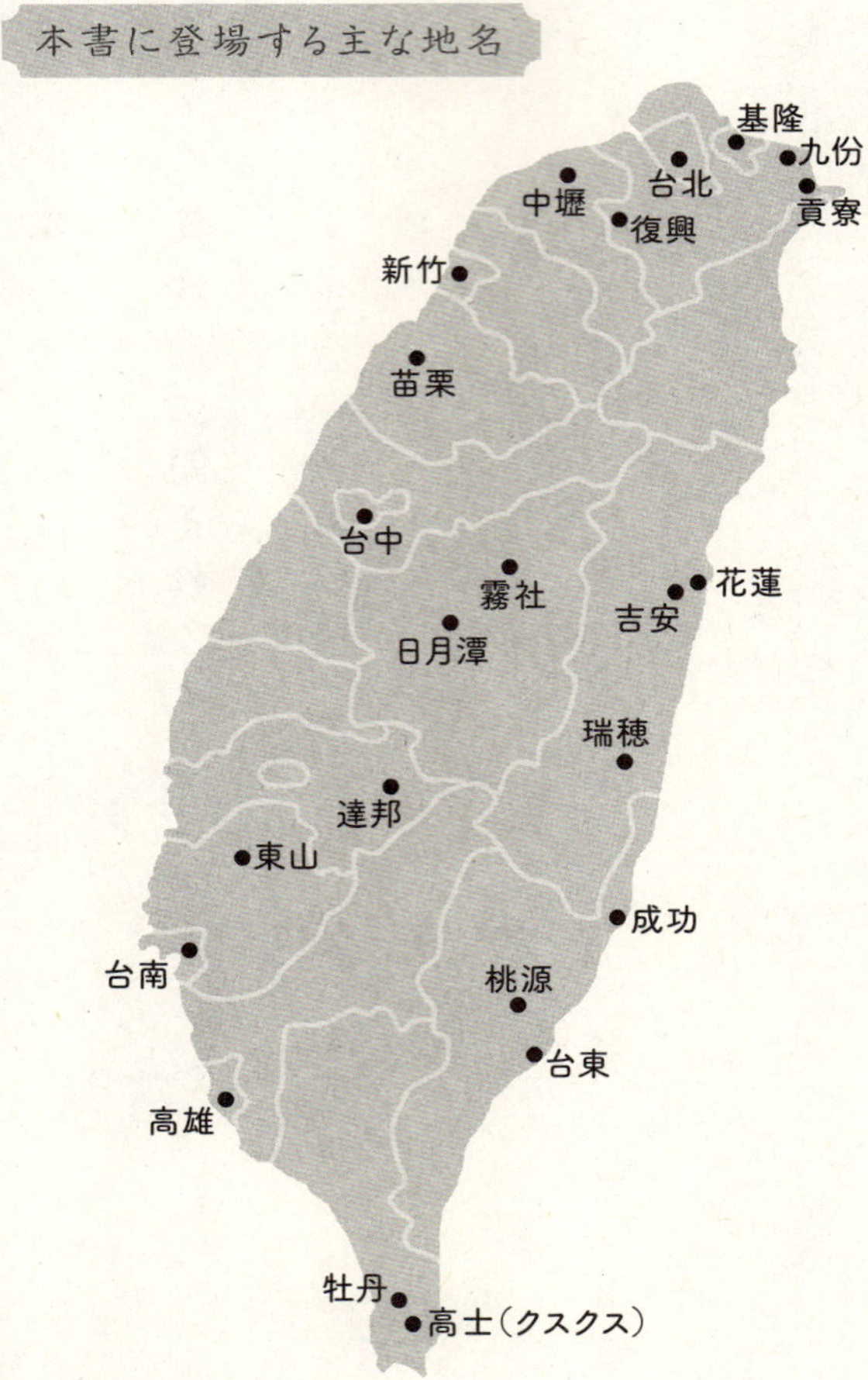
本書に登場する主な地名
基隆
九份
台北
中壢
貢寮
復興
新竹
苗栗
台中
霧社
花蓮
吉安
日月潭
瑞穂
達邦
東山
成功
台南
桃源
台東
高雄
牡丹
高士（クスクス）

1. 九份のバス停から

出合いと出会い

「台湾を知ってしまったから」。ドキュメンタリー映画『台湾人生』を作った理由を聞かれると、わたしはこう答える。

世の中には知らないことが山のようにあって、新しいことに触れて好奇心を刺激されるということは誰でも経験するだろう。しかし、わたしにとって、台湾との出合い、台湾の日本語世代との出会いは、それまでの数多くの「知らないこと」とは次元が違った。

その衝撃は、わたしが一本の映画を完成させるに十分なエネルギーとなった。台湾という国のこと、かつて日本人として青少年期を送った台湾の人たちのことを「知らなかった」ではすまされないと思ったし、すませたくないと思った。

写真　花蓮縣瑞穂郷の茶畑にて

一本の映画

日清戦争後の下関条約によって、台湾は清から日本に割譲された。この事実は、日本では、中学、高校の歴史の教科書で必ず習う。しかし、一八九五年(明治二十八年)から一九四五年(昭和二十年)までの五十一年間、日本の統治下にあった台湾で、台湾の人々がどんな気持ちでどんな暮らしをしていたのか、戦後、その人たちはどうしているのか、いまの日本をどんな思いで見つめているのか、といったことを考えたことがある日本人がどれだけいるだろう。少なくともわたしは、初めて台湾に行き、日本語世代のおじいさんに話しかけられるまで一度も考えたことがなかった。

台湾との出合いは、一本の映画が導いてくれた。北海道で新聞記者の仕事をしていた一九九八年(平成十年)、友人に勧められて『愛情萬歳』(蔡明亮《ツァイミンリャン》監督)という台湾映画をビデオで見た。わたしの一番好きな映画になった。都会に暮らす三人の男女の孤独を淡々と描いた作品で、主人公たちが暮らす台北という街が妖しい魅力を放っていた。この街を無性に歩いてみたくなった。

映画を見た数週間後、夏休みにひとり台湾へ飛んだ。空港に降り立った瞬間から台湾を好きになった。八月。台湾が最も暑い時期である。暖かく湿った空気が体にまとわりついてくる。それがたまらない。なにかに包まれているような安心感がある。

というわけで、初めての台湾への旅は、『愛情萬歳』のロケ地を訪ねてみようというミーハーな動機だった。夜市の屋台をはしごしたり、映画のラストシーンに登場した大安森林公園（撮影当時は建設中）へ行き、主人公が座ったベンチに腰掛けたりして大満足。せっかくだからと、学生時代に見た『悲情城市』（侯孝《ホウシヤオ》賢《シエン》監督）のロケ地、九份《きゆうふん》という台北郊外の小さな街にも足を運んだ。

『悲情城市』は日本の天皇の玉音放送から始まり、台湾の戦後の悲劇を描いた作品で、戒厳令が解かれた二年後の一九八九年（平成元年）に発表された。その年のヴェネチア国際映画祭でグランプリの金獅子賞を受賞、台湾でも大ヒットし、ロケ地である九份は一大観光地となった。

台北から電車とバスで一時間ほどのところにあるこの街は、山肌にへばりつくように広がっている。日本統治時代は金鉱の町として栄えた。曲がりくねった狭い路地や石造りの階段に沿って、小さな食堂や商店がひしめき合っている。昔の面影を残す街並みは小ぢんまりとしていて、半日あれば十分歩いて回ることができる。夕暮れ時、町外れのバス停で台北行きのバスをボーッと待っていた。

すると、バス停の近くの家からおじいさんが出てきて、まっすぐわたしのほうに向かってくる。「日本からですか?」と流暢な日本語で話しかけられた。遠くから見て、わたしが日本人だとわかったという。あとから考えると、よほど話したかったのだと思う。「自分が子どものころ、とてもかわいがってくれた日本人の先生がいた。戦後、連絡が取れなくなってしまったが、いまでもその先生に会いたい」ということを滔々《とうとう》と語られた。「先生のお宅からは富士山が見えたそうです」とも。授業の合間に、教師が自分の故郷のことを子どもたちに語って聞かせたそうだ。

バスを待つほんの数分の出来事だった。話の途中でバスが来て、わたしはおじいさんに別れを告げた。バス停から離れていくうちに、「どうしてもっとゆっくり話を聞かなかったのか」という後悔の念が湧き上がってきた。もしかすると、その先生を探してあげることだってできたかもしれない。おじいさんの名前さえ聞かなかった。後ろ髪を引かれつつ翌日、日本への帰路に就いた。

帰国後、九份のおじいさんのことが頭から離れなかった。台湾には日本語を話すお年寄りがたくさんいる、ということは聞いていたが、実際に会話したのはそのときが初めてだった。あまりに流暢な日本語に驚き、戦後五十数年経ってなお、子どものときの恩師を大切に思っているその気持ちに打たれた。

「なぜなのか?」。なぜ彼はあれほどまでに完璧な日本語を操り、日本人の先生を想い続けるのか。

漠然とした疑問が浮かんだ。台湾の日本語世代に出会ったばかりのころのわたしは、こんな基本的なことを疑問に思うほど、台湾のことを知らなかった。

日本統治時代から戒厳令、そして現在へ

台湾は一八九五年（明治二十八年）から一九四五年（昭和二十年）までの五十一年間、日本の統治下にあった。下関条約で清から日本への割譲が決まったが、在台湾の清の官僚や民間の上流階級層などはこれに反対し、「台湾民主国」の建国を宣言した。日本はこれを武力で制圧し、台湾統治を開始。散発的に起こる武装抵抗を鎮圧しながらの船出となった。

日本は欧米への対抗意識もあり、台湾のインフラ整備や教育の普及、治安の維持などに力を注いだ。また、同化政策により、台湾での学校教育は日本語で行われたため、この時代に学校教育を受けた人は日本語を話すことができる。いわゆる「日本語世代」と呼ばれる人々である。

ただし、家庭の事情で学校へ行けなかった人も多く、この世代のすべての人が日本語を話せるわけではない。本書に登場する人たちは、日本統治時代最末期に

日本語教育を受け、かつ皇民化教育の洗礼も受け、日本人として生きることを強いられていた。

第二次世界大戦の戦況が厳しくなると、台湾でも志願兵制度に続き徴兵制度が布《し》かれた。台湾の軍人・軍属は二十万人を超え、うち約三万人が戦病死した。また、台湾の主要都市もアメリカ軍の空爆の標的となり、市民の死傷者・行方不明者は一万五千人以上にのぼった。

やがて日本は敗戦。連合軍の委託を受けた蔣介石が中国国民党軍を進駐させ、日本軍の武装解除に続き台湾統治を始めた。日本が一九五一年（昭和二十六年）にアメリカをはじめとする連合国諸国と締結したサンフランシスコ講和条約と、これに準じて五二年（昭和二十七年）に結ばれた日華平和条約では、日本が台湾に対するすべての権利を放棄したものの、その帰属先については明記されなかった。なお、日本の最高裁判所判例は、日華平和条約発効時に台湾人は日本国籍を失ったとしている。

国民党の独裁政治下では、二二八事件[※1]や白色テロ[※2]など激しい台湾人弾圧が行われたほか、台湾語、日本語の使用が禁じられた。一九四九年（昭和二十四年）から八七年（昭和六十二年）までの三十八年間にわたって布かれた戒厳令のもと、日本語世代は長い間、口を閉ざさざるをえなかった。

この世代は戦前の日本統治、戦後の国民党統治のいずれも経験したため、二つの時代を比較して語ることが多い。国民党よりも日本のほうが良かったという見方があるが、「日本統治時代〝が〟良かった」のではなく、「日本統治時代〝のほうが〟良かった」というだけである。日本敗戦時、日本語世代は「残念」だと思う一方で、多くは「これで解放される」と喜んだ。そして、「祖国の同胞」だと歓迎した中国国民党に失望させられることとなった。

二二八事件や白色テロなどによって、日本統治時代から台湾にいる台湾人（本省人）と、戦後、中国大陸からやってきた中国人（外省人）の間には深い溝ができてしまった。

一九八〇年代、戒厳令下の台湾で、独立建国を主張し、中国国民党に対し二二八事件の真相究明を迫った鄭南榕《ていなんよう》という人がいた。彼の父親は、日本統治時代に中国福建省から台湾に来た「福州人」で本籍が中国だったため、鄭は自らを「外省人」と呼んだ。

一九八八年（昭和六十三年）、鄭は自身が主宰する週刊誌「自由時代」に、「中華民国」としてではなく「台湾」としての国家創設を謳《うた》った「台湾共和国憲法草案」を掲載したことで、翌年、叛乱罪に問われた。しかし、出頭を拒否。「国民党が逮捕できるのはわたしの死体だけだ」として出版社に立てこもり、警察隊が社屋を取り囲む中、焼身自殺した。「わたしは一〇〇パーセント台湾人です。わたしたちはどうしても本省人と外省人のしこりを解消しなければなりません」というメッセージを残して。

台湾を実効支配する中華民国は一九七一年（昭和四十六年）、それまで安全保障理事会の常任理事国として加盟していた国連[※3]を脱退。以降、国際社会から孤立することになった。

日本は一九七二年（昭和四十七年）、中華人民共和国と日中共同声明を発表し、中華人民共和国を中国の唯一の政府と「承認する」一方で、台湾は中華人民共和国の領土の不可分の一部であることを「十分理解し尊重する」と含みを持たせた。しかし、これにより台湾と日本の正式な国交は断絶した。

戦後、蔣介石、経国親子の専制政治が続いたが、一九八八年（昭和六十三年）、李登輝《りとうき》※4が台湾人初の総統となり、台湾の民主化を進めた。九六年（平成八年）には国民の直接選挙による初の総統選挙を実施、二〇〇〇年（平成十二年）、民進党の陳水扁《ちんすいへい》が当選し、初めての政権交代を成し遂げた。〇八年（平成二十年）の総統選挙において国民党の馬英九《ばえいきゅう》が政権を奪還。一六年（平成二十八年）には、再び政権交代が実現し、民進党の蔡英文《さいえいぶん》が初の女性総統となった。

バス停のおじいさんを探して

二〇〇〇年春、映画を通して台湾の日本語世代のことを伝えたいと、わたしは映画制作の世界に転身した。その年の夏、最初の旅で出会ったバス停のおじいさんを探して二度目の台湾行きを実現した。そのころのわたしは、日本語世代の人たちのことを伝える手段として、劇映画を想定していた。台湾を舞台にして、台湾のおじいさんと日本の若者が出会って……という物語。そこで、主人公の台湾のおじいさんの人物像を固める意味でも、バス停のおじいさんにもう一度会って、いろいろ話を聞きたいと思っていた。「今度こそ最後まで話を聞こう」。二年ぶりの台湾、しかも明確な目的を持った旅に気持ちが昂《たかぶ》っていた。

初めてのときと同じように電車とバスを乗り継いで、目指す九份にたどり着いた。観光客が乗り降りするバス停がいくつかあるが、おじいさんと会ったのはその中でも一番人が少ない場所。バスを降りると、すぐに近所の家を訪ね、日本語で「日本語が話せるおじいさんはいませんか？」と聞いてみた。

台湾の人はとても親切で、自分は日本語がわからなくても、どこからかわかる人を探して連れてきてくれる。わたしはそうやって取材対象を見つけていったのだが、その原点は九份にあった。

ところが、誰に聞いても首や手を横に振るだけ。周辺にいた何人かにしつこく尋ねたが、反応はみな同じ。おじいさんは最初に会ったときすでに高齢だったので、病気か、もしかすると亡くなったのかもしれない。最初のときにきちんと話を聞かなかったことを悔やんだ。

九份で再会できるものとばかり思っていた人にとうとう会えなかった。浮かれ気分もすっかりしぼんでしまった。

やけになって石段をズンズン登っていくと、どこからともなく日本の軍歌らしきものが聞こえてきた。このあと台湾のいたるところで軍歌を聞くことになり、いつの間にか慣れてしまったが、このときは驚いた。

音のほうへ近づいてみると、角にある小さな雑貨店から聞こえてくる。飲み物やおもちゃ、みやげ物などを並べた店先に、ランニングシャツ姿のおじいさんがちょこんと座っている。「こんにちは」と声をかけると、「ああ、こんにちは」と笑顔が返ってきた。どうして軍歌なのかと聞くと、「気持ちがいいですよ。勇ましくてね」と言う。流暢な日本語。

しかし、軍歌。戦後の日本、しかもわたしが生まれた一九六〇年代後半以降においては、軍歌を耳にする機会はほとんどなかったといっていい。戦前のあらゆるものが否定された日本とは違い、台湾では、かつての軍国少年、少女に出会うことが多い。とはいえ、これは戒厳令が解除されてからのことで、それまで日本的なものが抑圧されていたことへの反動とも思える。

店のあるじは楊水《ようすい》さん。九份は日本人にも人気の観光スポットとなっており、多くの観光客が訪れ、あたりには日本語が飛び交っている。楊さんは、日本人観光客の相手はお手のものだ。やりとりを聞いていると、ここは日本の温泉街の一《いっ》劃《かく》かと錯覚するほどだ。

もっと話を聞きたいと思ったが、商売の邪魔をしてはなるまいと、改めて訪問したい旨を伝え、その際には時間を割《さ》いてもらう約束をしてその場を離れた。意外な形で出会えた楊さんの存在に大いに励まされ、取材を継続していこうという意思を固めた。

二〇〇二年六月、日本はサッカーワールドカップの日韓共催で大きな盛り上がりを見せていたが、その狂騒を尻目に台湾各地を歩き回った。最初に訪ねたのが、楊水さんだった。

――子どものころのことを聞かせてください。

昭和元年（一九二六年）生まれ、民国十五年。民国は仕方なく使っている。公学校※5しか出ていない。中学に行くのとても難しいの。日本の教育制度、ある程度台湾人を圧迫してるんです。台湾人は一、二割。どうして入れないかというと、小学校と公学校の本、違うんです。文語体とか和歌とか公学校の教科書にはないんです。試験問題はすべて小学校の教科書から出る。日本人の先生の中にも、この制度に対する不満があった。

クラスの優秀な四、五人が夜、先生の家で勉強する。先生が小学校の教科書を買ってきて、補習するんです。わたし、中学校の試験に行ったときに、栄養不良で身体検査の懸垂《けんすい》ひとつもできない。試験場に行ったけどだめだった。せっかくまじめに小学校の本も勉強したのに。あの年から身体検査を先にやったんです。

そういうような調子で、教育は台湾の人が抑えられてた。差別待遇についていい気持ちはしないけど、仕方ないね。反駁《はんばく》するような気持ちはない。日本人の先生が台湾人の成績のいい学生をうちに呼んで補習する。補習は金を取らない。少しも金もとらずにあめ玉とか食べさせるんです。学生がお正月にみかんをかごに詰めて持って行くと先生はすごく喜ぶんです。日本人と同じ学校に入れるようにと一生懸命教えてくれた。そういう先生がとっても尊敬されているんです。

でも光復[※6]のあと、中国人の先生は、二時間ぐらい特別に教えると一ヶ月にいくらと、別に金を取るんですよ。日本の先生と違うところ。金を取るだけなのはまだいいほうで、補習に参加するものは教室で先生に近い席に座らせて、補習していないと後ろのほう。いまの台湾では先生を尊敬しているというのはない。

日本の先生は殴られても親近感があってね。一、二年は台湾人の先生。今の幼稚園よりも幼稚なカタカナ。ひらがなは三年ぐらいになってから。歴史は天照《あまてらす》大神《おおみかみ》から。いまの日本の歴史の本、読んでみたいね。

公学校一年から六年までの同窓生百五十何人、いま集まっても十人ぐらいしか来ない。「お前教育勅語覚えてるか」。「わからない」。とても長い、難しいんですよ。あれを覚えるだけでも大変ですよ。それをいまでも朗々と暗唱して読むんですよ。本当にね、おしまいまで一字も間違えないで。みんな手をたたく。明治天皇の「教育ニ関スル勅語」、あれが日本の公学校六年卒業したらみんなわかる、暗唱できる。すらすらと言える。

——遊びは？

日本人と一緒に遊ぶということは考えたこともない。環境がない。あの時分は生活がとっても苦しくて、おもちゃなんか買えない。自分で作る。山に行って竹を切ってきて竹とんぼをつくる。割って削るでしょ。錐《きり》で穴開けるんですが、うまくいかないんですよ。独楽《こま》もね、木を削って作るけどうまくいかない。一番いいおもちゃは板を切って、古いベアリング。鉱山で古くなったのね、それを付けて、人に押してもらう。

シンガポール陥落※7というときに、一人ひとつのマリをくれた。マリひとつと、あずきあんこの白い饅頭ひとつと、赤い色の饅頭ひとつ。ちょうちん行列にも参加して、とっても喜びました。ゴムの白いマリ、どこでも買えないですよ。戦争中で相当辛抱した時代ですから、マリなんて古い着物を切って中に砂を入れてしばったものぐらい。あとは、なわとび。学校へ行ったら金棒《かなぼう》。ブランコもあったけど滑り台、騎馬戦して遊ぶんですよ。ドッジボール、ボールをなくしたら大変ですよ。弁償しようがない。なくして探し出せないと、先生が弁償する。

――いまでも先生を尊敬していますか?

何年前だったかな、学校の七十歳のお祝い、七十年記念のお祝いがあったんです。歴代の校長が招待されたんです。佐竹という日本人の先生も来ました。はじめは台湾人の校長、あとで中国(国民党)時代、外省人の校長ね。一人ひとり壇上で話したんです。外省人の話はだれも聞いていない。本省人は少し拍手する。佐竹先生のときはみんな拍手して、全然違う。基隆《キールン》の中学からここに来て校長をしていたんです。そのときは、基隆の人にここまで連れてきてもらった。たくさんの人が迎えて、先生は道中ずっと泣いてきたんです。あの時分、七十何歳でしょうね。高血圧があったんですよ。先生の子どもは、「遠いから行かせない」と言ったんですが、先生は、「飛行機の中で死んでも行く」と。先生、日本に帰って新聞に大きな記事を書きました。「教育には国境がない」と、台湾に行ったときの状況、気持ちを書いてね。校長が新聞を送ってきた。

中国人への気持ちは誰も何も言わない。無言で示すんです。話、誰も聞かない。

――日本人の先生と台湾人の先生が結婚したりすることは？

ないね。まずなかった。日本人は日本人、台湾人は台湾人。区別はあった。給料の五割増、かな。台湾人が仮に五十円もらうとすると、日本人は七十五円。公然と。でも、教員になったら生活は問題ない。

――公学校卒業後は？

うちはお父さんが公務員だったから貧乏しとった。栄養不良も貧乏が関係しとった。私立の学校は経済的に行けない。十五歳から工場の給仕になって、生活費を稼いでいた。工場に行って、職員が掃除してくれ、お茶をくれと言うと、言うとおりにする。一番下っ端の職人になれたらいいほうですよ。

給仕を一年とちょっとやって、金瓜石《きんかせき》で試験があって、ある会社の購買部の販売人になれたんですが、そこに警察から命令が来て監視哨へ行けと。給仕だと二十一、二円の月給が金瓜石に行くと二十八円ぐらい。金瓜石に行かないで防空監視に行くと三十五円ぐらい。結局、軍籍になって月に五十円ぐらいもらったんですよ。一年で給料が倍になって家の生活は助かったんです。

防空監視の休みの時間には本を買って読んでおったんです。正式な兵隊になる資格試験を受けようと思って準備していたのに、戦争に負けた。何をしていいのかわからない。まごついた。本当に大きな失望をした。

もう一、二年間がんばって資格試験に合格して普通武官になるか、あるいは中等学校の検定試験にでも通ったらね、いまは違う生活だった。でもしょうがないでしょ、小さい商売する以外ない。ほんと、失望した。

――玉音放送は?

あのとき、遊びに行っておった。「日本が負けたぞ」。そんなはずはないと監視哨に帰っていったら、監視隊から情報が入っていた。一日経って、「負けた。接収される準備をしろ」と。

日本人への反感は多少あったけど、口には出せない。あの時分にはラジオ放送で日本のいいことばかり言うでしょ。陰で「うそだ、うそだ」という人もあった。戦争終わって、光復で喜んだ連中は、日本に反抗の気持ちがあった。国民党が来たとき、祖国が来たと喜んだ。でもすぐ、逆に日本のほうがよかったということになった。

もし、二二八事件がなかったとしても同じだった。日本と同じように、台湾でも戦争に負けてしまったあと、戦争のことを口に出してはいけない。

いまの若い人、台湾の歴史と日本の近代史、戦争後の歴史、全然知らない。二二八事件のことを書いた本とか読みたくない。みんな自分のいいことしか言わないから。事実から外れている。日本の歴史も作り上げたものらしい。厚い歴史の本、何回も読まなきゃ意味がわからない。

――いまの台湾の若者は？

いまね、北京語ができないと上の学校へ進めない。日本のときと同じですよ。家で日本語を使うとうまくなった。いま、北京語、それと同じですよ。日本語はそろそろなくなっている。

でも、いま、若者が猛烈に日本語を習ってるよ。日本語の講習所みたいなところ行って、CD聴いて、本見て。ここに遊びに来るガイドも、若いものは苦心して日本語習ってるんです。

日本との関係はわたしらがあと五年、十年で死んだら自然と消えてしまう。十年後あたりには関係が切れてしまうかもしれない。ほんとうですよ。日本の外交政策、台湾の手助けしていないから。とても残念なことです。

——楊さんの日本語はきれいですね。

ぼくが日本語話すようになったのは四、五十年ぶりですよ。厳重に禁止はされていなかったけど、変な目で見られるから。忘れはしなかったけど、流暢にしゃべられない。

日本の本、買ってきて見たら、新語がたくさん入っている。困って新語の辞典買ってきた。二、三年前からひとりの日本人のお嬢さんが本をたくさん送ってくる。「SAPIO」の中に台湾論があって、買ってきて読んだ。あれは日本で売れ行きが良かったんでしょ。台湾の本屋がそれに目をつけて翻訳して売ったんです。そしたらすごい売れ行きでね。でも台湾の政府、小林（よしのり）さん来させないんです。言論の方面はいまは自由です。でも入らせない。だけど、あれは一部の中国人がやったことで、台湾人は賛成していません。

でも、日本も同じ。李登輝※8が日本に行ったんですね、手術しに。日本政府がすぐ入らせないんですね。李登輝は本当の親日家で、完全に頭の中は祖国は中国じやなくて日本ですよ。ああいう人物を日本が入らせないというのは、年配の人は非常に残念に思うんですよ。
大地震[※9]のとき、半日以内に日本が飛行機で救助に来たんです。ぼくらはね、日本にはこのような精神があったんだと喜んだ。外国が赤十字を通じて物資を送ったでしょ。大陸はそれを「台湾は中国だ」と取ってしまって台湾によこさない。だから、日本にだけは完全に任せられる、と年配の人は考えるんですよ。外交上、いいですよ。台湾にもああいうような人間の訓練をして、外国になんかあったら救助に行けるようにしたらいい。

蔣経国の時代から、台湾は外国で農業の指導をしてね。感謝されたんだけど時間が経つと忘れられちゃう。大陸と国交結んで、台湾を切ってしまうんです。ある方面から言うとばかげたようなことになるんです。

一番残念なのは、日本との国交。事実上、心の中からとても日本政府を尊敬している。だけど、どうもね、日本の外交政策を残念に思う。わたしたちから見ると、日本の中国に対する外交政策はあまりにも頭を下げすぎている。台湾は経済的、戦略的に重要なところ。台湾と日本はとても似通っている。本当の兄弟分。台湾は日本を信用している。アメリカも及ばないです。

人の性質、変えられない。いまでもぼくは日本人だという気持ちがするんです。人生の一番大切な基礎が日本人だったんだから、どうしても変えられない。映画の方面で『悲情城市』『無言の丘』『多桑《とうさん》（父さん）』という作品ね、あれはみんな政治の転換期だったときに本当の心の中のことが話せる時分にすべて吐き出したんです。

国民党が宣伝で、日本はどんなに悪いとかいうけど、ぼくらは事実を知っている。国民党の教育、完全な効果はない。『悲情城市』が日本で有名になって、たくさんここにも人が来たんです。『多桑』のお父さんのあの考え方、みんなあったですよ。東京の宮城（皇居）も見てきたい、靖国神社も見てきたい、富士山も。日本に行けたらいいという希望があった。みんな共通の考えですよ。一番行きたいのは富士山と宮城ね。

日本の政治、天皇の必要絶対ある。党派の争いあるでしょ、仲裁ができない。

そんな重要なときは、御前会議をやる。そうすれば、これはいけない、と一言で終わる。

――いまは、天皇は政治とは関係ない立場ですよ。だけど、そういう権限は戻す必要があると思う。党派の争いを解決できないとき、結局、アメリカを呼んでくる、ではなくて天皇を呼んでくる。昔は御前会議、しょっちゅうやってたでしょ。

九份のメインストリートともいえる道に面した店先にイスを並べ、ふたりで腰掛けて話している。観光客がひっきりなしに通り、時折、楊さんのお店で買い物をしていく人がいる。楊さんは私と話をしながら、客の相手をする。台湾人には台湾語、日本人には日本語で。

あなたがここに座っている間に売れたタバコ十個ぐらい、ほとんど日本製。台湾と日本の関係、切れない。この前辞めた田中（眞紀子）外務大臣のお父さん、首相ね、台湾と断交した。あの考え方、当時は合っていたかもしれないけど、あれは大きな間違いだったんですよ。

地震のとき、親日派、とても頭が上がったんですよ。台湾は独立をしようとしているんですよ。日本の政策は大陸のほうに傾いて、反対にアメリカが台湾に近くなった。

——台湾はアメリカに留学する人が多いですね。

いまたくさんの人、日本は頼りにならないという考えがあって、子どもや孫はアメリカに偏っています。アメリカは人種も違うし遠いのに。台湾にとって大きいことですよ。

わたしは正しい考えじゃないと思うね。日本に頼るのが健全、でも日本にはそういう政策ないから。日本はアメリカに、大陸に偏っている。いまはね、日本に偏ろうと思ってもその道がないから。

ぼくらが死んだらどうなるか。しかし、日本が政策の上で台湾を引っ張ろうとしたらラクラクですよ。生活の習慣からとても日本に似ているから。生活、合うでしょ。

延々三時間、店番をしながらいろんな話を聞かせてもらった。それから台湾へ行くたびに楊さんの店を訪ねた。「いまの流行歌、あまり好かないね。朝軍歌でも聞くとね、気持ちいい。毎日、ちょいちょい。聞くと親しみがあって、多少、商売にも影響するから。あそこに行けば日本語わかると、観光客にわかるでしょう」。いつも変わらず店先で軍歌を聞いていた。

山にかえりたい

二〇〇七年(平成十九年)十一月、霧雨が降りしきる中、カメラマンの松根広隆さんとともに九份を訪れた。

初めて九份に行ってから九年、楊さんに出会って七年。すっかり歩き慣れた道を進んで楊さんの店にたどりついた。ところが、シャッターが下りている。静まり返った店先を、傘を差した観光客が通り過ぎる。事前に何度も自宅に電話をしたが、応答がなかった。隣の店のお兄さんが奥さんの携帯電話の番号を教えてくれた。

楊さんは数週間前に脳溢血で倒れ、入院していた。九份に行った翌日、病室の楊さんを見舞った。体に麻痺があり、ろれつが十分に回らない声はささやくように小さい。

ベッドに横たわった楊さんのそばで、小柄な妻の曾阿里《そあり》さんが楊さんをじっと見つめていた。このとき楊さんは八十一歳。もう会えないのでは？　という思いが頭をかすめた。そして、こんなに長い付き合いとなり、話を聞いてきた楊さんのインタビューを撮影できないまま終わるのかと思うと、やりきれない気持ちになった。

その後、奥さんと頻繁に連絡を取った。そして、楊さんに出会って八年目となる二〇〇八年（平成二十年）二月、九份の長男宅を訪ねた。退院した楊さんは、息子の家で療養していた。

まだ、ベッドに横になったままだったが、「この次あなたがたが来たときはね、治ってるんですよ」と、張りのある声で話す。奥さんがりんごをむいて渡すと、シャクッといい音をさせてほおばった。

――退院おめでとうございます。

この山で生まれて、この山にか[※10]えりたいと思う。病院では死にたくないということを言い続けてきた。生きて自分で帰ってきたい。それ以上のことは思わなかった。

退院して、息子のところに来た。どの医者も記憶力を失うという先入観があってね、わたしの名前とか年とかどこに住んでいるかと聞くんだね。おかしいね、医者と病人の間は。普通、こういうこと聞かないですよ。わたしは手足の神経だけ。だからおそらくある程度までは治るでしょ。完全でなくても七分八分ぐらいまでは自信があるんですよ。

この次あなたがた来たときはね、きっとある程度まで元気出して、歩いてもいい、走ってもいいぐらいまでにはなるでしょ。そのときには必要なところがあったら連れていきますよ。

——ここでも軍歌を聞いていますか？

いまは寝転んで新聞さえ見られないから、軍歌は自分の家に戻ったらね。CD残ってるかな。中国、アメリカの軍歌は知らない。知っているのは日本のだけ。台湾の軍歌は歌わない。日本の軍歌はとても親しみがある。

わたしが成長しているとき台湾は日本だった。青春のときは流行歌じゃなくて軍歌だった。軍歌が一番いい。台北《たいほく》の龍山寺、夜になったら盛んに人が集まって昔話とか政治の悪口言うとかね、日本の軍歌聞いて。刺激のある話が聞ける。毎晩ある。また行けるかな。

――お店はどうしますか?

盛んに貸してくれと申し込んできている者がある。わたしはおそらくもう商売はやらないでしょう。来年一年間は活動できない。あぶないから。子どもがそうさせてくれない。子どもがどうするか、勝手にさせておく。

帰ってきたとき大きい息子が「昔のことはもう考えないで、将来のことを考えないといけない。病気が治ったらあとは金を考えることもない、商売も考えないで。早く治るように」と。

――これからしたいことは?

ただのんびり遊ぶだけ。九份はとっても広いところですよ。歩いて昔の友達と昔話をするとか自由に。あちこち行ったって、やっぱりこの海を見るのが一番きれいです。本当に世界一ですよ。水もあれば山もある。黒部、立山、霧がきれいでとても有名なところでしょ。ところがこちら、春になると霞があって山の下がみんな霞でしょ。どこ行っても見られない。ここが一番。

その日もまた、九份には霧雨が降っていた。

（※1）二二八事件　一九四七年（昭和二十二年）二月二十七日の夜、中国国民党の専売局闇タバコ摘発隊が台湾人女性に暴行を加える事件が起きた。これに抗議した市民に摘発隊が発砲し、市民一人が死亡した。これに対し翌二月二十八日、台湾人による抗議デモが行われた。しかし、憲兵隊が非武装のデモ隊に向けて無差別に一斉掃射を行い、多数の市民が死傷。これが発端となって、政府関連の諸施設への抗議行動や、中国人に対する襲撃事件が台湾全島で頻発した。台湾人はラジオ放送局を占拠するなど、多くの地域で一時実権を掌握したが、国民党政府は大陸から援軍を派遣し、武力によりこれを徹底的に鎮圧した。

この際、裁判官、医師、役人をはじめ、日本統治下で高等教育を受けたエリート層の多数が逮捕、投獄、拷問され、その多くは殺害された。この事件によって約二万八千人の台湾人が殺害、処刑され、彼らの財産や研究成果の多くが国民党に接収されたと言われている。

侯孝賢監督「悲情城市」はこの事件をテーマに描いている。

（※2）白色テロ　革命運動や民主化運動などの反体制運動に対する体制側（権力側）による弾圧行為のこと。強権的警察行為や言論弾圧を指す。台湾では国民党政府により戒厳令下で、数多くの人々がいわれなき罪で逮捕、拘禁、拷問、処刑された。

（※3）国連脱退　一九七一年（昭和四十六年）、台湾（中華民国）は、第二十六回国際連合総会2758号決議案（アルバニア決議案）。「中華人民共和国政府の代表が国連における中国の唯一の合法的な代表であり、中華人民共和国が安全保障理事会の五つの常任理事国の一つであることを承認する」などとした）に抗議し、国連を脱退した。

（※4）李登輝　一九八八年（昭和六十三年）、台湾人として初の台湾（中華民国）総統となる。民主化を推し進め、九六年（平成八年）、直接選挙による初めての総統選挙を実施した。「二十二歳まで日本人だった」と公言する知日派。

（※5）小学校と公学校　日本統治下の台湾初等教育は、おもに日本人が通う「小学校」、漢民族系の台湾人のための「公学校」、台湾原住民族の「蕃童教育所」で行われた。

（※6）光復　日本敗戦により台湾が解放されたこと。

（※7）シンガポール陥落　一九四二年（昭和十七年）二月、日本軍が連合軍を破り、シンガポールを占拠した。これを祝って全国各地でちょうちん行列が行われたほか、記念切手も発行された。

（※8）李登輝が日本に行った　二〇〇一年（平成十三年）四月、病気治療のため岡山県倉敷市を訪れた。この際、李登輝氏から出されたビザ申請を日本政府はいったん拒否。台湾および日本国内から批判が相次いだ結果、ビザ発給となった。

（※9）大地震　一九九九年（平成十一年）九月、台湾中部で大地震が発生。死者・行方不明者二千四百四十四人、負傷者は一万一千人を超えた。

（※10）かえる　日本語世代は「亡くなる、逝く」ことを「かえる」と言う人が多い。

2. 解けない数学

陳清香さんのこと

陳清香（ちん　せいこう）

一九二六年（大正十五年）生まれ。基隆《キールン》市在住。

台湾人で二二年（同十一年）生まれの夫、鄭《てい》坤樟《こんしょう》さんとの会話はいまも日本語だ。地元・基隆の公学校（台湾人のための小学校）の同窓会では、みんなで日本語の校歌を歌った。漁船三隻を所有する裕福な家庭で育ち、当時、台湾人はなかなか行けなかった女学校、さらには女子専門学校へ進学。茶道や華道など日本人としての作法を完璧に身につけていたという。

「男だったら特攻隊に志願した」と言い切る度胸はいまも健在で、「台湾人の国」建国を目指している。

写真（右）私立台北女子専門学校時代

あのころは日本人だと思っていた

公学校の同窓会は毎年必ずあるの。みんな楽しみに集まるのよ。八十（歳）を過ぎても二十人以上来る。日本語の校歌は毎年歌うんだから忘れない。大きな声で歌ってたでしょ、みんな。

♪雨も降れ　風も吹け　山なす怒濤《どとう》も何か恐れん
雨の港に生まれしわれら　ひるまぬ心と体を鍛え
御国のために尽くさまし

（基隆市寿公学校校歌）

わたしは仲のいい女友達五、六人と月に一回食事をするの。公学校の同級生だからもう七十年以上の付き合い。みんな元気よ。友達が言うように、昔は一番おてんばだったかもしれない。

（基隆）女学校はね、一クラスに三人か五人ぐらいが台湾人、あと全部日本人。台湾人ね、あまり娘を女学校にやらせない。あのころ生活苦しかったから、少ないの。みんな仲良くバレーやったりテニスやったり。女学校に行く台湾人は大体成績みんな上のほう、日本人より上だから、あまりばかにされない。ただ、卒業するときに、市長賞とかなにかあった場合には、先生は一人二人意見が違うの。台湾人には市長賞出してはいけない。そういうことがあったの。わたしがそうだった。

担任の加藤先生は宮崎の方で、だいぶわたしをかわいがってね。「陳さんはクラスで二番だから、優等生代表として受けさせた方がいいでしょ」と言ってくれたけど、高橋先生が「いけない。絶対日本人」。で、山崎さんを立てた。「ま、いいよ、そんないらないよ、わたし」と思ってね。

それだけね、区別された。あとは成績方面では負けてないから大丈夫。ばかにされない。卒業したらだいたいみんな学校の教員になる。わたしは行かない、絶対行かない。先生大嫌いだ、と思ってね。日本に行くことばかり考えとった。

でも、戦争で十八年（昭和、一九四三年）には客船の高千穂丸が沈み、富士丸が沈み、大和丸が沈み、日本へのルートがほとんど断たれてしまった。

だから、台北で勉強しようと思って、お父さんに「嫁入り道具要らないよ。大学、私立台北女子高等学院に行かせてください」って。でもそのときはまだ台北に行ったこともないし、友達にどう行けばいいのか聞いたら、「汽車乗って台北で降りてまっすぐ行くと第一中学校（いまの建国高級中学校）の隣に学校があるから、そこに行って願書もらって試験受けたらいい」って教えてくれた。汽車もあまり乗ったこともないのよ。お母さんに「今日、台北に行くからお金ちょうだい」って。願書もらって試験受けて通ったから、さあ大変だよ。

毎朝六時十五分の汽車に乗って、台北駅からずっと走って学校に着いて、青息吐息で二年間。入った翌年、校名が私立台北女子専門学校に変わった。台湾大学（当時、台北帝国大学）の教授が来て講義するんですよ。文科と理科と家政科、わたしは家政科だった。栄養学と洋服のデザインの科。あのころは、自分は日本人だと思ってたよ。

それが、戦争終わったら日本は出ていって、はい、さよなら。二十歳で今日から日本人じゃありませんって言われて、どうすればいいの？　あなたが二十歳のときどうだった？

わたしたちは日本に捨てられた孤児みたいなもの。日本人の先生がおるし日本人の友達がおるのに、どうして日本はわたしたち孤児をかわいがってくれないの？　不可解でしょうがない。いまの日本人はわたしたちのことを知らないでしょ？　歴史を勉強していない。

十九年（昭和、一九四四年）ごろから基隆の東の貢寮庄《こうりょうしょう》というところに疎開して、二十年（一九四五年）の八月に終戦。支那人が入ってきて危ないから疎開地におったほうがいい、と。娘でしょ。だから疎開地にしばらくおって、だいたい落ち着いて基隆に帰ってきたら、家が全部爆弾でやられて住む家がないのよ。そして祖父が病気だし父も倒れたし、漁船はスマトラに徴用されて返ってこないし、お金もないし、大変だよ。壊れた家を修繕して住んでおった。

そういうときに、台北に出て卒業証書をもらいに行った。先生は日本に帰る支度をしてる。大学のソウマ教授から「おれは大学に残されたから、あんた法科でも経済科でも入りなさい」と言われたけど、「わたし家も全部つぶれたし、父も倒れたし、そんな余裕ないからもうこれでいい、卒業します」と言って、卒業証書をもらって帰った。

それで台北の修徳女学校に教師として入った。北京語で授業しなきゃならないけど、わたしは北京語まったくできない。台湾語に少しだけ北京語を混ぜてやった。そうしたら大変だよ、支那人の教師が入ってきて。怖いからお父さんに「もう勤めない。怖い。あの学校みな支那人ばっかりだから行かない」と言って家におった。

しばらくしたら、基隆病院のほうで英語のスペルのできるカルテ室の職員を募集してるから、日本から帰ってきていた友達と二人で応募に行った。四十何人かが面接受けた。「おお、あんた専門学校出とるの、一人だけ雇おう」「いえ先生、一人では勤めません。二人一緒でないといやです」。で、友達と二人でカルテ室に入った。

そこの内科に主人が日本から帰ってきておった。知り合いになって一年ぐらいして、ピンポンばかりやってるからね、「なんで寒いのに半ズボンでピンポンやってるの」と聞いたら、「ぼくね、どろぼうに全部とられた、毛布もズボンも全部とられた」って。あのときは着物がないのよ、戦後だからね。長いズボンないから半ズボンでピンポンやって汗流してる。

この人おかしいと思った。なんでこんな貧乏なのかしらと思ってね。貧乏なほうがいいかもしらんね、ばかにされないからね。交際したら、正直でおとなしい人だからね、この人いいと思ってね。それから婚約したわけよ。

それにしても、貧乏というもの、つらいということをわたし知らないのよ、貧乏したことなかったからね。結婚して、「あなた背広ぐらい買いなさいよ。変なかっこうして」って言うたら、「ぼく金ない」って。

「金ないって、わたしもひと月三千いくらもらってる、あなたもお医者だからそれぐらいもらってるでしょ」

「みんな実家《うち》に仕送りしてる。兄弟が六人もおるし、ぼくが日本におったとき全然仕送りできなかったから、実家《うち》は貧乏しとるから、それで全部仕送りして金がない」

「あー、そんなに金がない人もおるんだね、わたし貸してあげるよ」

道端に日本人がたくさん並べとる古い背広を買ってあげたのよ。あとでその金返しなさいって言ったけど、返さないの。そういう結婚でした。

それでね、大変だよ。翌年、子どもが生まれるでしょ、ミルク代もほしいし、家賃を払わなきゃいけないし、大変な人と結婚したよ。

「なんでお金全部送るの？　少しぐらい残して」

「いや、残せない。実家《うち》の人が飢えて死んでしまう」

ということで今日まで働いてきました。

陳　これがわたしの私立台北女子専門学校の卒業証書、昭和二十年ね。そしてこれがこの人の医師免許証。昭和十九年。大東亜戦争が始まる前に南朝鮮の大邱《たいきゅう》医科専門学校に行った。学費が日本より安かったらしい。名前、「平島彰一」ってなってるでしょ。この人、改姓名してたのよ。あのとき改姓名したら配給で豚肉余計もらえたよ。わたしなんかしてないから豚肉が小さい。

（二人、大笑い）

鄭　待遇が違うんですね。あの当時はうちのおやじが日本政府の役所に勤めておったから。

陳　支那人来たあとにお父さんクビにされた。お前日本人だからって。だから一家は貧乏のどん底。ご飯も食べられない。お父さんクビにされたから月給はないでしょ。支那人が来たから大変だよ。兄弟は六人もおるしね。飢餓の生活だよ。

この人は北朝鮮の日本窒素に医者としておったときに戦争が終わった。ソ連に連れていかれそうになったところを、ソ連軍の中国人のコックを通して「日本人じゃない。台湾人」と説明して助かった。最後は三十八度線を越えて、裸で何も持たないで帰ってきた。

台北帝大に行こうと思ったけど月給がない。だから基隆に来た。帰ってこなかったら結婚できないよね。あんな遠いところにおったら。それが縁のつながりね。わたしなんかの時代の日本人も苦労したけどね、自分の親の元に帰れた。台湾人は帰れない、支那人が来て「お前は日本人の残りだ」ってばかにされて仕事にも就けないし。言葉聞いてもわからんし、新聞見てもわからんし。漢字ばかりで見てわからんの。話を聞いてもわからんの。

だから一番かわいそうなの、われわれよ。日本語を外で使えないし。ふたりでべちゃべちゃやってるけど。

鄭　北京語は下手だよ。まあ聞き取るほうはちょっとわかりますけど、六〇パーセントぐらいかな。聞いてわからんこともある。簡単なのはわかるけど。

陳　日本人が帰ってしまったあと、うれしいと思ったよ。だって祖国が来ると思ってね。

鄭　それはほんと。

陳　いままで差別されたから。今度祖国が来る。支那人がどういうものか知らない。わたしなんか全然わからないのよ。だからうれしくて歓迎したよ。そしたらバーッとやられた。

鄭　つかのま。

陳　インテリが全部殺された。医者も弁護士も。

鄭　要するに知識層を抹殺するわけ、彼らは。相当殺されましたよ。学校の校長、教師とかね。

陳　あれを殺すとびっくりしてみんな黙ってしまうでしょ。反抗しない。

鄭　頭《かしら》になる人がいなくなるわけ。

陳　だからここの海岸にいっぱい浮かび上がった、人間が。

鄭　男を見れば殺すんだよ。おかしい。

陳　あれ兵隊じゃないよ。蔣介石がどっかで拾ってきたごろつきよ。それを台湾にジャンク船で送ってきたの。全然自分の名前も書けない人間よ。それがここに来て警察署長になったりしてわれわれを統治してるのよ。そういう時代なのよ。殺すから怖いのよ。黙ってる。だからわたしたち二二八事件って言ったことないよ。李（登輝）総統が立つ前は全然言わない。すぐ殺される。夜、派出所まで来なさい。派出所行ったらもうどこに連れていかれたか消えてる。われわれは日本教育で「反抗したらいけない」という教育でしょ。上級生に対しても頭を下げる。何にでも従順にしなきゃいけない。びっくりしたの。それで三、四十年がまんして、やっと台湾人の総統が出てきたから、ブラックリストの人たちがアメリカからどんどん帰ってきたの。

今度またその政権を奪還しようと国民党は一生懸命お金を使ってる。そのお金は全部日本人が残した財産。蔣介石が全部取ってしまったんだよ。だからいま一番金持ちは国民党。国民党どっさり持ってる。どこもかしこも国民党の財産。

男なら特攻隊に行きました

日本は台湾を植民地にして、五十年も教育して、五十年も税金取って、五十年も戦争に参加させて死なせてなんで責任がないの？　われわれに将来を選択する投票もさせないで、勝手に自分が逃げて帰って、あとは知らない。

それで台湾人は殺されたの。日本がおったらわたしたち殺されない。日本人がいなくなったから。武器も何もないでしょ。だから彼らは中国から来て、海岸上がってシャーッとみんな撃ったのよ。

主人はあのときちょうど日本から帰ってきて、病院の地下室に一週間おったの。「お前出てきたら殺されるよ。日本人そっくりだから」って。ずっと地下室におって、看護婦が何か持って行って食べさせた。かわいそうよ。

女の子は殺されない。わたしは出ても殺さない。お母さんが「お前出たらいけないよ。殺される」「大丈夫、女の子見たら笑ってる」。あのとき若いでしょ。

こういう時代に生まれたわたしたちを何で日本は見捨てるのかと思ってね、わたし今でも恨みか懐かしいか知らんけど、心の中でとっても不満。

日本も戦後は大変だったよ。大変でも日本人は殺されなかったでしょ。われわれは殺されたのよ。日本はそういう責任を果たしてない。若い人はわからない。だからその恨み、苦しみをわれわれはいま、一生懸命吐き出してるの。それをみなさんにわかってもらいたいの。

連合国（国連）に入ればいいの、ひとつの国として。台湾でも、蓬萊《ほうらい》でも、高砂《たかさご》でもなんでもいいよ。とにかくひとつの国の名前で入ればそれでいい。なにが中華民国。中華人民共和国と中華民国、世界の人、どこが違うかわからないよ。全然違うじゃない。

その声を若い人たちに出してもらいたい。わたしたちが生きている三年か五年かわからないけど、その苦しみを早く吐き出さないとね。われわれが死んでしまったら埋没する。

娘たちはね、日本人は敵だって教育されてきたの。わたしが「そうじゃない、国民党が敵だよ」って言っても教育が違うでしょ。だから若い人たち埒《らち》が明かない。日本人は台湾人を困らせたといって、そういうことばかり五十年間も教育されてきたでしょ。だから全然若い人たちに通じないの。難しい。だから教育って恐ろしいもんだよ。台湾の歴史を教科書の中に入れないの。日本もそうだったよ。台湾の歴史、教科書の中に入れない。植民地の待遇でしょ。蔣介石もそういう教育ばかりしている。

わたしたちなに人？　台湾人でしょ。ところが大きい声で台湾人と言えない。日本もいらない、中華民国もいらん。支那人もいやだ。だからいま、わたしね、台湾人であることを全《まっと》うするだけ。

いまわたしね、台湾が連合国（国連）に入ることを後押ししてる。お金も出すし、力も出す。民進党はお金がないからかわいそうなの。一生懸命いま闘ってる。闘ってるというのは、心で闘ってる。黙って表に出さない。出したらあと国民党が政権取ったときには仕返ししてくるから。危ない。昔なら殺されます。牢屋に入れられる。いま、民進党の柱になっている方、みんな昔、牢屋に入ってるよ。日本の方によくそのことを知ってもらって、台湾を本当の兄弟と思って手をつないでいくように、あなたたちにお願いします。

かわいそうな台湾人。かわいそうな民族。だからいま独立しないといけない。早くひとつの国を作って連合国（国連）に入ればそれでいいのよ。でも入れない。中国が一生懸命邪魔してるから。日本のみなさんによろしくお伝えください。台湾人はみんな独立建国を望んでるって。

台湾人のように、各国に占領されて植民地にされて、蹴鞠《けまり》みたいに蹴られて今日に至って、わたしたちはいったいなに人？　自分でわからないような人生を過ごしてきた。ほんとにね、生き甲斐のない人生を送ってきた。どの国にも捨てられた。殺された。

わたしは女の子だったから命があるわけだけど、でなければ特攻隊行きましたよ。必ず特攻隊行った。もし男ならわたしは行ってます。死んでも天皇陛下万歳と言って死にますよ。そういう教育だった。

われわれの思想は全部日本に行っているということをみなさんよくかみしめてください。それで捨てられたんだから、その気持ちを日本のみなさん、考えてください。

大正十五年生まれの立派な日本人じゃないの。仕方ないからわたしは生まれた年、一九二六年、そう書くよ。絶対中華民国何年とか大正何年とか書かない。一九二六年のほうがいいよ、穢《けが》れないから。もうほんとにいやなのよ。大正十五年生まれでなんで台湾人なの？

かわいそうよわたしなんか、国民党からは、日本教育受けたから敵に回されて。無学文盲になった。情けない。泣き寝入り。わたし個人の恨みはいいよ。台湾人としてね、こんなにも日本の教育受けてこんなになったのに、なんでわれわれを捨てたの。なんで陰ながらでも守ってくれないの、というのがわたしの願いなの。

日本はどうしてドイツと同じように、近隣諸国の被害を受けた人たちがちゃんと心ゆくまで補償してやらないの？　テレビでもそう言ってるよ。日本はどうしてやらないの？　いろんなところにいろんなお金を使っているのに。

いくら大陸にあげてもありがたいと思わないよ。いまの中国大陸は。日本がどういうことやっても絶対敵だよ。排日感情がとても強いのよ。戦争に行って生き残った台湾の人たちに少しでも補償してあげたら、彼らはどれほど喜ぶか知らない、わたしはそう思うよ。

なんで日本政府はやらないの。大陸が怖いってなにが怖い。だから小泉（純一郎）はあっぱれだよ。靖国神社もっと参拝してくださいよ。戦争で死んだ人になにが罪があるの。行きたいんじゃないのよ。国家のために行ってるんでしょ。無理に行かせてるのよ。この人たちが死んだらなんで拝んでいけないの。支那人のけしからんことよ。

人生の余計を生きている

一九七〇年代のはじめに、主人と一緒に大阪の病院に行ったの。連合国（国連）脱退したあと、台湾がどうなるかわからんでしょ。行こう、日本に行こうって。主人の医科専門学校の同級生が呼んでくれた。でも、子どもはアメリカでしょ、自分の病院は台湾でしょ、あとでよく考えたら大変だよ。三角形で回ったら大変だよ。

早く帰ろう、そしてアメリカにいる上の子、医者の子を呼び戻そう。病院を再建しよう。日本におったら大変だよ。あと老後どうするの？　この家からっぽだよ。

それで二年の契約だったのを、二年より少し前に引き払って帰ってきたわけ。

そして息子をアメリカから呼び戻して嫁をもらって孫を産んで、やっと孫が今度、台中の医学院（中山医学大学）に入ったの。いま五年生。でなかったら家庭めちゃくちゃよ。早く帰ってきて良かった。一生懸命やったね。六十年経ってるんだからね。子ども三人全部大学に行かせてアメリカに留学させて、気づいたらもう八十いくつになってしまった。

ひと家族、まあ立派に育ったわけよ。孫が一人は医者、二番目の女の子は薬剤師、三番目の男の子は物理経済。次の代にバトンを渡すこともわたしのひとつの願いだったの。妹たちが「願いがなんの役に立つ。外聞だけよくて苦労してるじゃないの」って。仕方ないよ人生。孫が医学院受からんかったら、こっちも心配。やっぱり病院の先生やってくれたら、それがいいと思う。望みを果たせたから、満足としましょう。

ああ仕方ない。結婚しない人にはしない人の理想もあるし、わたしみたいに結婚した人は結婚した人の理想もある。それぞれ自分の理想を果たせばそれでいいの。八十過ぎたら余計なのよ、人生の余計を生きてるの。立派な家庭できたけど、なんかひとりぼっちになったような。みんな大きくなって出てってるでしょ。年寄り二人だけよ。

いつの間にこんな家庭になったのかしら、いままでにぎやかにわいわいわい。フルーツ出したりコーヒー出したり。いまはお手伝いのおばさん、わたしたち二人のためにおかずを炊いてもたくさん食べないし、さびしいようなね。そんな家庭になってしまった。それでわたしはつくづくとね、あんまり年取って長く生きるもんじゃない、という感じがするのよ。みんな出てってしまうでしょ。なんで昔の二人に返ってるのかしら。

陳　やっと落ち着いて孫が大学行って、八十よ。これからわれわれ老後をどうするか準備しないといけないの。これからが心配。ふたりで旅行に行こう、アメリカの娘のところに行こうと言ったら、この人行かないの。

鄭　行きたいけど遠いところはちょっと無理。足も弱ったし。

陳　大丈夫、アメリカ行ったら車ばっかりだから。一ヶ月ぐらいアメリカに行って静かに暮らせばいい。これで老いぼれたら最後。

鄭　仕方がない。日本の友達に年賀状送ったら返事が来ないの。そしたら奥さんから手紙が来てね。肺をやられたらしい。死んでしまった。もうほとんど死んでしまったけれども、何人残っておるかなあ。わからないなあ。中学のころから日本人と一緒に生活しておりましたからね。多少差別はありましたよ。ようけんかしたもんですね。

でもぼくは恨みは持っておりません。それはその時代がそうせざるを得なかったというのがあった。みんな親しいです。同窓会を開くたびに、ぼくはとても楽しみに旅行しながら行ったわけですよ。十年前からだめだ。老いぼれちゃったから。こういう年だから。人生は長いようで短いものですね。

かわいそうな民族

わたしたちの人生、ほんとに生きてる甲斐のない人生。日本人は、保険から債権からわたしたちのいろんなものをみんな持って帰った。もちろん、わたしたちは喜んで捧げたのだけど。

戦時中は飛行機がないから、金歯ひとつでも取って飛行機作ってくださいという気持ちで、みんな日本に捧げましたよ。そして戦後、日本人に捨てられてわたしたちは無一文になった。しかも親兄弟を爆弾でやられたり、同窓生は直撃弾で死んだり。とても惨めな戦後だった。

人生をどういうふうにリードしていくか、わたしたちはいま全然目標が立たない。寄りかからせてくれるような親もない。わたしたちは捨て子なの。いつ大陸に占領されるか、いつどうされるか。わたしたち台湾人には対抗する力もないし、決断力もないし、パートナーもない。

いま、わたしたちはほんとに残念だと思ってます。わたしたちはなに人であるか、わたしたちはどうすればいいか、目標もない。いつ殺されるか、いつどういう運命になるか、自分でもわからない。そういう国家におるわたしたちはかわいそうな民族。日本に対しては、わたしは育ての親と思って寄り添っていきたいの。

でもそれを受け止めるような日本の国家じゃない。

というのは保険のこと、生命保険のことね、昭和十年（一九三五年）にかけた祖父と父と母の生命保険。それを十年間納めた。朝日生命保険、昔の帝国生命保険、きちんと返してくれない。生命保険、十年納めたんですよ。八月十五日に終戦して十二月十四日まで保険金取りに来た。祖父は焼夷弾爆撃で目が見えなくなった。父は脳溢血で倒れた。

わたしが昭和五十年（一九七五年）に日本に行って、保険を返してくださいと言ったらね、国家と国家の取り決めが決まるまで待ってくださいという返事だった。あとになって、当時の百二十倍で返すと言われた。日本と国民党が決めたのよ。ひとり千円ずつ納めてたの。当時の千円は大金よ。それがたったの百二十倍。そんな小さいお金いらないよ。悔しくて。これは背信行為です。

でもやっぱり、日本人好きなの。いろんなマナーもいろんなしきたりもお茶でもお花でも池坊でも、わたしちゃんと生けますよ。そういうマナーをわたしは二十歳までひととおり習ってきたんですから、ほんとうの日本人ですよ。

いまの日本人の若い人よりもわたしは日本人。なんでその子を捨てたの？　そして情けもないの？　それがわたし一番悔しいの。

台湾人のね、悔しさと懐かしさとそれから何と言いますか、もうほんとに解けない数学なんですよ。絶対解けない。死ぬまでわたし、これ解けません。みなさん若い人に伝えます、この言葉。どうすればいいの？

ほんとにね、お茶からお花からいろんな稽古から全部、わたしはお茶の点《た》て方もちゃんと袱紗《ふくさ》も使ってやるのにね。わたしなんか、それがほんとに一番悔しい。そういうことを日本人のみなさんに伝えますから、その余韻でもいいからひとつ感じてください。お願いします。

陳　わたしね、あなたたちよりもいろんな日本のマナーを全部マスターしてたのよ。みんなマスターしてきたんだから、ほんとの日本人。日本人と結婚しても恥ずかしくない人間だった。

鄭　そうだね（笑）。

陳　よくあんな遠いところ（北朝鮮）から帰ってきたね。そうでなきゃ出会わなかった。

鄭　あのときは帰らんでいいじゃないか、日本で勤めたらいいじゃないかと言われたけど、お世話になった父母を見てあげないといけないから帰ってきたわけ。ああ、もうそれから六十年過ぎて。こんなに年取っちゃった。

陳　結婚してからが苦労の始まり。苦労したよ。さびしい毎日。さびしい。息子がおったらにぎやかでね。わたしたちより先に逝ってしまった。看護婦もたくさん雇っとったでしょ、だからとてもにぎやかだった。孫は医学院出ても基隆には帰らんて。台中におりたいて。気候がいいから。ここは貸家にしたらいい。自分は台中のほうがいいって。仕方がないね。

もう少したくさん子どもを産んだほうがいいと思ったこともある。三人だけだとひとり逝ったらさびしい。八人ぐらいおったらもっとにぎやか。そういうこと思うことがある。さびしいの。年寄りが一番怖いのはさびしいの。

鄭　お茶淹《い》れよう。

3. 日本人として、
台湾人として

蕭錦文さんのこと

蕭錦文（しょう きんぶん）

一九二六年（大正十五年）生まれ。ビルマ（現・ミャンマー）戦線で戦った元日本兵。台湾総統府と台北二二八紀念館でボランティア解説員を務めている。

観光に訪れる日本人には親しみを感じるが、日本政府に対しては納得していない。二二八事件で拷問を受け、白色テロで弟を亡くすという過酷な運命をも乗り越えてきた。いまは、台湾や日本の若い人たちに歴史を伝えることが自分の役割だと思っている。

写真（右）ラングーンのビルマ方面軍司令部にて。遺影にするために写した

「君が代少年」に打たれて

ぼくは台北から少し南西に下った苗栗縣《びょうりつけん》※1の客家《はっか》人の家に生まれました。四つの時分に、ひとつ年下の弟と一緒におばあさんに引き取られました。

お父さんは病気のため二十九歳でぼくたちを置いてあの世に去った。あとで知ったことですが、お父さんは台北第一師範学校の助手をしていました。当時、日本人が勉強する学校で台湾人が教えるというのはなかなかないと思って、最近になって正式に問い合わせをしたら、昭和二年から四年（一九二七〜二九年）にかけて勤めていたことがわかったんです。頭のいい人だったのだと思います。

お父さんのことはまったく覚えていません。あとでおばあさんから和服姿の男の人の写真を見せられて、「この人がお父さん」と言われました。葬式のとき、麻の服を着せられてだれかに抱っこされていた記憶がぼんやりとあります。

お父さんが死んで、ぼくと弟はおばあさんと一緒に、おばあさんの妹の家に住んでいました。わたしは小さいころからお母さんを憎んでおりました。というのは、学校で同じような境遇にあった子どもたちは、ちゃんとお母さんが守ってやっている。そういう子どもたちと比べて、「なぜぼくのお母さんは、ぼくたち兄弟を育ててくれないのか」。当時は子どもとして、そういう憎しみがありましたよ。

お母さんは家を出て台北でほかの男と住んでおったの。でもね、年を取って、「そうか、人生というものはこうである」というのがわかって、はじめてお母さんというものが了解できました。それまではお母さんを恨んでおりました。そういう環境でした。

おばあさんはぼくたちのことを一生懸命育ててくれました。六歳のとき、大雨の中をおばあさんに背負われて、漢文の勉強に行ったのを覚えています。増水して急流になった川にかかった橋を、おばあさんがぼくをおぶって渡ったのを今でもはっきり覚えています。大きな家で、昔の寺子屋みたいに勉強を教えるんです。あのとき子どもが五、六人ぐらいでしたか。日本語ではなく、漢文を習っていました。

七歳になるかならないかぐらいのときに、台北のお母さんのところに引き取られて、そこから老松公学校に通いました。学校では、日本語で話さないと先生にしかられるわけ。必ず日本語で会話するんです。でも、最初のころは日本語を聞いてもわからないほどでした。入学当日は、名前を呼ばれてもぽかんとしていて、外で見ていたお母さんに「お前、名前呼んどる」って言われて、やっと立ち上がって返事をするという感じでした。

でも、子どもは言語を習うのはすごく早い。二年生になったときには、べらべらしゃべっていました。

日本人の子どもとは一緒に遊びません。村の子どもたちと兵隊ごっこをやっているところに日本人の子どもが通りかかると、悪口をふっかけるんですよ。「日本の子ども、下痢子ども」なんてことを言って、石を投げて挑戦するんです。向こうからも投げてきて、そういう接触はありました。あのころは、日本人の子どもは異族の子どもだと思っていました。

公学校二年の二学期のときに、寂しくなったおばあさんがぼくを連れにきた。ぼくはそのときはもうお母さんになついていて、おばあさんを相手にしなかったけど、結局苗栗に連れ帰られた。そこの公学校に転校しました。

貧しい生活でしたよ。おばあさんは朝四時ごろ起きて畑に野菜を取りに行って、それをかついで街で売って生活していました。ぼくが起きたら、おばあさんが炭で炊いてくれたご飯ができていた。それを弁当に持って学校に行くんです。ご飯がないときは五銭置いてあった。

土日は自分でご飯を炊くんですが、子どもだから遊びたいでしょ。近所の子どもと、うちのそばにあった廟の庭で遊ぶんです。米を洗ったまではいいけど、水を入れないで炊いてしまって、そのまま遊びに夢中になって。焦がしておばあさんにムチでたたかれて。そういうことが何回かありました。

昭和十年（一九三五年）の大地震のあと、「君が代少年」を政府がすごく宣伝したんです。愛国心を。君が代少年というのは、台湾の大地震で大怪我をした台湾人の子どもが、臨終で君が代を最後まで歌って死んでいった、という話です。

この話はあとで教科書にも載ったんですよ。ぼくもいくぶんか君が代少年に動かされて、小さいながらも愛国心を植えつけられました。

おばあさんのところで公学校を卒業して、受験に合格して新竹《しんちく》の中学校に入ったんです。台湾人の生徒は少なかったですよ。あのときは学費がいるんですが、払えないんです。困っていたら、公学校の五、六年の担任だった客家人の何易《かえき》俊《しゅん》先生が陰ながら援助してくれました。

一年生の一学期は無事終えたんですが、二学期以降の学費を払えないことを言い出せない。無断で学校を欠席して、台北にいる叔父が経営していた印刷会社で働いていました。そうしたら、ぼくの消息を探し当てた何先生から叔父宛に手紙が来て、いったんは学校に戻ったんです。でも、「勉強が嫌い」と言い訳して退学しました。先生に授業料を払い続けてもらうわけにはいかないでしょ。そのあと、心配した先生が紹介してくれた新竹の無尽会社[※2]に就職しました。

そのうちに戦況が悪化して、一九四一年（昭和十六年）十二月にはついに太平洋戦争が始まりました。真珠湾攻撃のときに使われた「ニイタカヤマノボレ」という暗号の「ニイタカヤマ」は、台湾の「新高山（現・玉山）」だったことを日本の若い人たちは、意外と知りませんね。

太平洋戦争が始まって、確か十二月八日のあと、一月か二月あたり、春だったかもしれない。新聞で義勇志願兵を募集していました。三百名の陸軍特別志願兵ですね。ぼくは新聞広告を見て、「これ行こうかな」と。履歴書を書いて、志願書に印鑑がほしかったんです。それをおばあさんからもらうわけにはいかないから、こっそり盗んで志願書に判を押して、履歴書とともに出したんです。

志願した理由は三つありました。当時、ぼくたちは愛国精神をしつけられて、社会も環境も「愛国、愛国」でみんな盛り上がっていました。無感覚でそれに引きずられて、愛国というものを表現したかったの。それがひとつ。

もうひとつね。当時ぼくが中学受験に行ったとき、日本人の子どもは台湾人より低い点数で入れたの。そういう差別に、ぼくは感づいたんです。それで、兵隊に行けば同じ肩を並べて平等になると思ってぼくは志願した。

あともうひとつ、戦時手当てがあったの。実際に言えば、それも関係がありました。この三つの理由で志願した。

ぼくたちが受けた教育は「ぼくたちが犠牲になるのは、大東亜共栄圏のためだ」と。「国のためにいつ死んでいくかもわからないけど、それだけ日本人として価値がある」とね。ぼくが一番好きだった軍歌は「戦陣訓の歌」。

♪日本男児と　生まれ来て
戦の場《にわ》に　立つからは
名をこそ惜しめ　つわものよ
散るべきときに　清く散り
みくににかおれ　桜花

勇ましいでしょ。

♪情けに厚き　ますらおも

正しき剣　とるときは
千万人も　辞するなし
信ずるものは　常に勝ち
皇師に向かう　敵あらじ

この歌がぼくは一番好きだった。いまでも全部覚えてますよ。

ただただ日本国民の一員として、国のために大東亜共栄圏のためにという考えで戦ってきたの。だから戦後日本で誰が悪いとか七人のA級戦犯がなにしたとか、これは不幸だなと感じましたよ。

なにもこの人たちは自分のためにやったんじゃないんですよ。上のほうの考えはどうかわからないけど、前線では上は将官から下は一兵卒までみんな何のために戦っているかというと、大東亜共栄圏のために命を投げ出してやってるんですよ。あとで軍人たちが悪いとかなんとか批判されたけど、ぼくはそうは思わない。

シンガポールからビルマへ

志願書を出して、身体検査、学科試験、口頭試問の三つの関を越えました。あのとき三百人の募集に三千人以上が応募したそうです。

ぼくなんか一番年下の、十七歳のはなたれ小僧でしょ、受かる自信はなかった。そうしたら、なんと受かって召集令状みたいな赤紙が来たの。飛び上がって喜びましたよ。「光栄だな」と思いました。もう虚栄心でいっぱいですよ。

おばあさんは「なんたることだ、ひと言も相談しないで」と、ものすごく怒った。でも、「軍の命令にそむくことはできない」と言って、応召したわけです。

夏あたりだったかな。ぼくはね、時間の記憶がだめなんです。たぶん、夏だったと思いますが、苗栗駅から列車に乗った。朝の五時。何先生と先生の教え子がひとり、見送りに来てくれました。

高雄までどれぐらいかかったでしょうか。高雄駅に着くと、南部の人たちの家族も一緒に来ていて、ずいぶんにぎやかでした。それを見てうらやましかったな。自分はひとりで寂しかったです。うれしいやら寂しいやら複雑な気持ちでした。

その日の夕方に点呼があって、ぼくは二番目に呼ばれました。日本人も二十人ぐらいいたかな。高雄にある三つのホテルに分かれて宿泊しました。ぼくたちは東洋ホテル。まだ覚えてる。一部屋二人で、点呼で一番初めに呼ばれた張さんというひとつ年上の人と同室でした。

結局、高雄で一ヶ月ぐらい待機させられました。南方に行くというのはわかっていましたが、どこに行くのかまったく知らされませんでした。その間、高雄神社に参ったり、土俵で相撲を取ったり、鉄道の脇でキャッチボールをしたり、平凡に暮らしていました。緊張感はありません。

張さんとは家族のこととか、故郷のことを語り合いました。そうこうするうちに数日以内に乗船するといううわさが出ました。ぼくはパイナップルの缶詰を二ダース買って準備した。これがあとで船の中で大人気になったんです。

ぼくたちが乗ったのは一万トン級、実際には九千何トンの「ハワイ丸」。船倉は二重構造になっていて、腹ばいで移動しなきゃならなかった。高雄港内で一泊して翌朝、ぼくと張さんは配膳係だった。食器を洗っていたら船が急に動き出してびっくりしたんです。天井が回っているような感じがして本当に驚いた。

南に行くほど暑くて船倉にいられないんですよ。みんな甲板に出て潮風を受けていました。フィリピンを越えたと思うあたりで、「潜水艦発見」と言って「非常呼集」がかかったの。甲板で待機しているときに、水雷が二発発射されました。水雷は直接潜水艦を狙うというよりも、爆発の水圧で潜水艦に損傷を与えるんです。大きな水柱が二本立つのを見ましたよ。

そのあと、ベトナムのサイゴン（現・ホーチミン）の手前のサンジャク岬に一泊したとき、夜景がきれいでした。街灯がずらーっと並んでね。美しかった。地元の人が手漕ぎ舟で物を売りに来るんですよ。言葉が通じないから指でさしたりして、ぼくはゆで卵を買った。台湾では十銭で三つなのが、七つ来た。最後にシンガポールで下船しました。シンガポール陥落からしばらくたっていました。

港から三十分ぐらい行軍して小高い丘の上にあった南兵営という兵舎に入った。鉄筋コンクリート三階建ての建物がずらっと九棟。すごいと思いましたね。一棟に七、八百人、それが九つあるんですから。そこで初めて軍服、水筒、飯ごう、軍靴、袴下《こした》、帽子、雑嚢、背嚢、毛布、頭にかぶる蚊帳《かや》なんか一式支給された。軍人勅諭、歩兵操典もありましたね。それで軍事訓練を受けたんです。

甲編成と乙編成というのがあって、ぼくは乙編成だったと思う。一班九人に三八式歩兵銃が三本から五本ずつ渡されました。初日、少佐か中佐が「君たちは立派な大日本帝国軍人だ。大東亜共栄圏のためにしっかりやってくれ」と訓話するのを不動の姿勢で聞きました。このときは、ぼくたちはまだ軍属で、階級は与えられていませんでした。訓練中、大佐が「出身は？」と聞いてくることもありましたよ。「台湾です」と答えると向こうがびっくりして、「ごくろうさん」と言ってくれたりね。

日曜日は休みで、タバコとお酒が配給されました。ぼくもお酒を飲みましたよ。朝の九時から夕方の四時か五時ぐらいまでは外出もできたんです。ただし、軍服を着て、鉄兜も提げてないとだめだった。シンガポールの華僑は台湾語に似た閩《みん》南《なん》語を話したから、言葉が通じたの。

上陸して最初に行軍したとき、街でピアノの音が聞こえてきた家があってね。「蛍の光」の曲を弾いていたのがすごく印象に残っていたから、そこを訪ねてみた。そこで、シンガポールの人は十分の一ほどしか教育を受けていないということを聞いて、ぼくは感動したの。台湾は日本のおかげで、七〇パーセント以上が義務教育を受けていたでしょ。でも、イギリスは百年以上も統治したのにシンガポールのほとんどの人は文盲。文化が低いと感じた。

いろんな話をしたけど、戦争の話は避けました。聞きたくなかった。それでも、日本兵が女性を強姦して殺したとかいう話は耳に入ってきました。でも、あのときはあまり感傷的じゃなかった。「こっちも犠牲を出した」、という気持ちがありましたから。

シンガポールには二、三ヶ月いたと思います。あるときシンガポール駅から列車でジョホールバルを越えてクアラルンプールで下車した。そこから船でペナン海岸に行った。きれいでね。「ここに住みたいな」と思いましたよ。

そこからまた渡船で、昔、らい病（ハンセン病）患者が隔離されていた島に渡って一週間から十日。ある日、軍服から病衣に着替えさせられて、病院船「バイカル丸」に乗せられました。甲板に出ることを禁止されて一晩か二晩。着いたのはラングーン、いまのヤンゴンの港でした。昭和十七年（一九四二年）の秋ごろだったと思います。

ビルマ方面軍司令部に着いたとたん空爆に遭いました。恩賞班といって戦死者の名簿を整理する仕事をしました。戦死者といっても、遺骨がなくて白木箱の中には石とか砂しか入っていないものがたくさんありました。そこでも訓練が続いて、半年以上経ったころに二等兵、すぐに一等兵になりました。

ビルマに着いて一年が過ぎたころ、内務班の軍曹が、めしあげ当番の台湾人がすぐに食器を下げなかったことを理由にビンタで制裁を始めたんです。なかなか終わらなかったので、ぼくが混乱させてしまえと部屋の電源を落とした。でも、軍曹は懐中電灯で相手の顔を照らしながらビンタを続けた。しかも「このチャンコロが」とののしりながら。ぼくは我慢できなかった。

その晩、いったん就寝しましたが、蚊帳から飛び出して行って、たまたま居合わせた日本人の上官に向かって「なにがチャンコロだ。同じように死を覚悟して来ている者に向かって」とまくし立てたんです。その上官は中年の補充兵で、穏やかな人でした。「まあ落ち着け」と、ぼくをなだめてくれました。

軍曹が、ぼくたちにチャンコロと言ったのは、本当に悔しかったですよ。涙が出ました。当時、台湾は植民地だから不平等な待遇を受けていて、戦場に出て兵隊さんと一緒になれば平等になると思っていただけに、そのひと言は永遠に忘れられません。むろんぼくたちは小さかったから、将校たちにはかわいがってもらっていました。

ただ、この軍曹だけは一生忘れません。このひと言。今でもまだ悔しくて。同じように国のために出ているのにどうして、と。

確かにぼくたちは血統的には違うけど、国を思う、国を守る心は同じですよ。日本人以上の日本人だとぼくは信じておりますよ。軍隊から逃亡したりする人たちもあったけど、わたしとしてはそういうことは絶対やりません。桜の花みたいに散っていく、そういう決意で出ていっているんですから。

それを言われたぼくとしては本当に悔しかったですよ。わたしの一生の深い傷だと思いますね。チャンコロと言ったら、清の国の奴隷。ぼくたちは何代か過ぎてるんですよ。教育も環境も全部日本人のように仕立てられてきたんですから、チャンコロというのは、すごい侮辱です。

この一件があって、ぼくは第十五軍、林部隊に転属になったんです。ビルマ中部のメイミョーにあった指揮部の警備隊に入ってすぐ、昭和十九年(一九四四年)の三月にインパール作戦が始まり、北部のバモーに移動しました。

軍の行動だからやるべきだとわきまえて、やるからには勝たなきゃいけないと思いました。勝つためには命も捧げる覚悟です。恐怖を感じませんでした。

蛸壺《たこつぼ》わかりますか? 人ひとり入れるぐらいの穴を掘っておいて、爆撃のときにはそれに飛び込むんです。爆風でやられないように自分の手で目を押さえて耳をふさいで、息を吐き出しながら体を縮める。そうしていると、戦友の腕や頭が吹き飛ばされて落ちてくる。いろんなことがありすぎて、話すとキリがありません。

一時はインパールを攻め落とす勢いで、後方ではインドで使う軍票や勝利を祝う紅白のおこしが用意されたりもしたんです。でも、イギリスの空挺部隊の活躍もあって、連合軍はすぐに反攻してきた。マンダレーの野戦病院は急遽《きゅうきょ》解散して、重病人は薪《たきぎ》の上に置いて焼かれたと聞きました。

インパール作戦は無理な作戦でした。牟田口《むたぐち》(廉也《れんや》)中将が推し進めたわけですが、それも無理とわかっていながら西太平洋の劣勢を盛り返したいという一か八かの賭けだったと、そう理解します。たくさん兵士を殺してしまった責任は問われるけど、作戦は彼自身のためじゃない。前線の兵士はだれも命が惜しくないわけではないけど、国のために戦うという思いで参戦しているんだから。

撤退命令は突然でした。背嚢を整える間もなく、手りゅう弾二個、三八式銃、弾百二十発と剣を持って慌てて移動を始めました。敵の戦闘機が機銃掃射してくると、草むらに伏せたり大きい木の陰に隠れたりした。

撤退を始めて数日が過ぎると、食べるものはもちろん、飲み水さえなくなってしまいました。ぼくはのどがカラカラに渇いて死にそうだった。もうだめだと思い、牛の足跡にたまった泥水に口をつけて飲んでしまいました。病気で倒れたり、つらさに耐え切れず途中で自決する人もいました。そういう人は、人差し指を切り取って焼いて、その骨を遺骨として日本に送るんです。ね、聞いていてつらいでしょ。そんなことが戦場では当たり前でした。

泥水を飲んだあと何日かして、モールメンの手前のシッタン川を渡ったあと倒れて、モールメンの野戦病院に運ばれました。そこで赤痢とマラリアに罹《かか》っているとわかったんです。多いときは一日に六十二回もピーッときました。そのとき、ほしかったものはちり紙だけ。もうだめだと思いました。

モールメン駅まで担架で運ばれて、そこからバンコク（タイ）の陸軍病院に送られました。でも、病床がまったく空いていなくて、一週間、廊下に置いておかれました。そこからさらに後送されてプノンペン（カンボジア）の兵団病院に入ったわけです。そこで玉音放送を聞きました。

日本での玉音放送は八月十五日だったでしょ。プノンペンでは十六か十七日に放送されて聞かされました。あのときになって初めて、「負けたか」と。悔しかったけど、これが戦争だと。

戦争中にはもう出撃する飛行機がなかったというのに、日本の飛行機がうーんとうなって飛んで墜落する。自殺、自決するの。それを見て、これはやっぱり日本人だと思いましたね。日本精神が入っていると。大和魂とはこういうもんだと思いました。負けて帰って冷たい目で見られるよりも、自分で自決する。何回かありました。確かに、日本精神はこういうものであったと。ぼくにもあったと。この兵《つわもの》たちは偉いな、と感動しましたよ。日本人でこそ、これだけやれるとね、ぼくはそう感じました。

こうして死を覚悟して戦ってきたけど、命があって帰れるとは思いもしなかったですよ。いつ戦死するかわからないと決意してましたから。まだ未成年、十七歳で行って、足掛け四年。

わたしはプノンペンで武装解除を受けて、次の指示を待っておりました。そのとき感じたのは同郷会のありがたさ。同じ故郷の台湾の人がいろんな食べ物を持ってきてくれるの。あのときは感動しましたね。海外にこれだけの自分の同胞がいて世話してくれると、本当に感謝の涙でした。

戦争が終わって四ヶ月ほどで赤痢とマラリアは治って、昭和二十一年（一九四六年）五月、台湾に復員しました。船で帰ってきて高雄の街を見たら、爆撃でやられていて昔の様子と全然違った。荒れた故郷を見て、戦争はいけないということをはっきり感じました。

絶対に戦争はいけません。浅ましいし、悲しいし、人間として情けない。こういう気持ちになったのは、前線ではなく復員してからでした。

敵国の籍に入れられて

わたしはね、昔の歌が大好きなんです。休みの日は家族でときどき集まってカラオケしますよ。日本の演歌とか童謡とか三百曲集めて帳面を作りました。ほら、この中に好きな歌がいっぱいありますよ。

中でも好きなのが「台湾楽しや」。昭和十年（一九三五年）、まだ戦争もしてないうちに作られた歌です。

♪揺れる光だ　緑の風だ
南風《みなみ》そよ吹きゃ　豊かな穂波
米は二度なる　甘蔗《かんしょ》は伸びる
名さへ蓬萊　宝島
台湾楽しや　良いところ

台湾は宝島だからね。「暁に祈る」は聞いたことある？

♪ああ　あの顔で　あの声で
手柄頼むと　妻や子が

ちぎれる程に　振った旗
遠い雲間に　また浮かぶ

　こういう歌を歌いながら過去を思い出すんです。「台湾軍の歌」、知ってますか？　本間（雅晴）中将が当時台湾軍司令官のときに作ってくれた歌です。

♪太平洋の　空遠く
輝く南十字星
黒潮しぶく　椰子《やし》の島
荒波吼《ほ》ゆる　赤道を
にらみて起《た》てる　南《みんなみ》の
護《まも》りは吾等　台湾軍
嗚呼厳《げん》として　台湾軍

戦死した友を思うと涙が出ます。ぼくたちは日本に捨てられて、そして敵対国の支那人に押し込まれて嫌な国に籍を置かなきゃいけなくなっちまって。

悲しかったのは、帰ってから中国(中華民国)籍に入れられて。これはもうほんとに悲しかったですよ。あのときは、泣いたですよ。日本軍人として戦った相手の敵の国の籍に入れ替えられて、なんだろうとぼくは日本政府を恨んだですよ。国が戦争で負けたからといって、こんな目に遭わなけりゃならないのかと。

人生というものはいろんなことに遭遇するけど、このことがもっとも悲しい出来事だった。

♪真白き富士の　気高さを
心の強い　楯として
御国につくす　女等《おみなら》は
輝く御代《みよ》の　山ざくら
地に咲き匂う　国の花

これは「愛国の花」。みなさんの知っている軍歌はちょっと少ないと思います
ね。「夕焼け小焼け」はわかりますね。小さい時分から習ってね。

♪夕焼け小焼けで　日が暮れて
山のお寺の　鐘が鳴る
お手々つないで　みな帰ろう
からすといっしょに　かえりましょ

子どもが帰った　後からは
まるい大きな　お月さま
小鳥が夢を　見るころは
空にはきらきら　金の星

「靴が鳴る」もありますよ。

♪お手手つないで　野道を行けば
みんなかわいい　小鳥になって
うたをうたえば　靴が鳴る
晴れたみ空に　靴が鳴る

今の台湾の歌、全然知りません。習いたくもない。国民党が来たあとの歌はひとつも知りません。若い者はたくさん知ってるけどね。あ、「皇国《みくに》の母」。これ、ぼくが大好きな歌です。

♪歓呼の声や　旗の波
あとは頼むの　あの声よ
これが最後の　戦地の便り

今日も遠くで　喇叭《らっぱ》の音《ね》
想えばあの日は　雨だった
坊やは背《せな》で　スヤスヤと
旗を枕に　ねむっていたが
頰に涙が　光ってた

ああ、もうこれを歌えばほんとに涙がわきあがってきて。戦友が死んでいく、そういうことが浮かび上がって。ビルマ戦線の激しい戦いの中を思い出して、ぼくはほんとにもうなんと言いましょうか。むろんわたしだけが八十何歳で生き残っていますけど、戦死された戦友たちが思い出されて悲しくて。軍歌を歌いながらいつもそういう悲しい昔の姿が浮かんできて涙がこぼれてしまう。

当時としては仕方なかったと。でもね、たったひとつ、政府から「過去の台湾の軍人軍属のみなさん、ごくろうさんでした、ありがとうございました」、そのひと言がぼくはほしいんですよ。それを願っとるんですよ。どうしてひと言だけでももらえないかと。年金ももらっていない。日本人だけにしかやれないそうです。

なんでこんなにまで見捨てられてしまうかと、これがわたしはほんとに悔しいです。政府としてはなにひとつしてくれていない。国のために死を覚悟してぼくたちは志願して行ったんですよ。何も自分のためで、なんのごほうびがあるからといってそこに行ったわけじゃないですよ。だから、ぼくはすごく、政府に対しては了解できません。

いつも口癖のように言いますけど、日本のみなさんには親しみを感じますよ。たしかに昔のぼくたちの同胞だと。ぼくはいまでも支那人だと、そういう観念がないです。毛頭ないです。まだ日本人だというふうにね、生きてきましたよ。みなさんに会えて縁がつながってすごく楽しかった。しかも、こういう年を取ってるおじいさんに対してすごくいたわってくれて、これぼくは感謝してます。

でも、政府に対しては了解できません。日本のみなさんにお詫びしたいけど、実際言うとこれがほんとのわたしの気持ちですから、それを吐き出さないとほんとに胸が詰まって苦しいんですよ。

戦争に参加した人たちを世論では否定して責めているけど、わたしから見たら絶対に許されませんね。戦死したお方たちのおかげで今日の平和がある。何で日本の国民たちに真実の歴史を伝えてあげないかと、それをぼくは本当に残念だと思う。

だから先ほど申したように軍歌を歌って涙があふれてくるのは、そういう思いともつながりがあります。ほんとに悔しい思い。人間としてこれだけやってきて認められないし、そしてまた日本政府からも切り離された。全然、ぼくたち過去の台湾青年の思いというものを日本政府は受け取ってくれません。

戦争に行っていやだったという思いはありません。今日八十何歳まで生きられたのは、当時、戦争に行った精神がまだ残ってるからだとぼくは思いますね。こうして健康で、しかもボランティアでみなさんに尽くせる体調を保って生き延びてこられたというのは、やっぱりこの戦争を味わったからだというふうに感じています。

というわけで、八十を超えたこのおじいさんが生き延びているから、日本の観光客にせめて当時の戦争の真相というものを伝えてあげたいと、いまわたしは勤めているわけです。

台湾総統府は、日本統治時代の一九一九年（大正八年）に完成し、台湾総督府として日本の台湾統治の中枢にあった建物で、戦後は中華民国の総統官邸として使われている。一部が開放され見学コースとなっており、日本統治時代から現在に至る台湾の歴史に関する資料や写真などが展示されている。平日の午前中、パスポートを提示すればだれでも見学できる。

ボランティアガイドとして案内する蕭さんは必ず、参加者に「教育勅語」を印刷した紙を渡す。若い参加者のほとんどは「朕惟《ちんおも》フニ」で始まる全文を読むのはこのときが初めてだと思われる。

教育勅語は一八九〇年（明治二十三年）、明治天皇が国民に向かって孝行や友愛、夫婦愛など日本人として大切にすべき道徳を説くという形で発布された。一九三〇年代、日本が戦争に突入するころになると、天皇の御真影とともに神聖なものとして扱われるようになった。「一旦緩急アレハ義勇公ニ奉シ」などの教えが青少年を戦争に駆り立てたとして、戦後、国会において「排除」と「失効」が確認された。ところが二〇一七年、政府（安倍内閣）は「憲法や教育基本法に反しない形」で教材として使用を認める閣議決定をした。これに対し、「教育勅語が憲法に反するのは明らか」と批判の声が上がっている。

蕭さんは、教育勅語に熱心に目を通す参加者に向かって、「こんなにいいこと書いてあるのに、どうしてなくす必要がありますか？」と言い、「みなさんはどう思われますか？」と問いかけた。蕭さんは案内する先々で、自分の意見を述べると同時に参加者に一考を促す。

一九四〇年（昭和十五年）に米軍が撮影したとされる台湾総督府周辺の航空写真のパネル前では、熱く語った。

「日本が真珠湾を攻撃したのは翌年の十二月のこと。日本が戦争を始める前にアメリカはすでに一年以上も前から戦争の準備をしとったんです。そういうこと、日本では教わらんでしょ。戦後になって負けたんだからしょうがない、GHQの命令でああ教育せいと言われて、真実の歴史をみなさんに伝えない。マスコミは日本が侵略戦争を起こしたと言うけど、これ、違っとるんですよ。この写真が証拠です。みなさん、これをどう考えますか？」

一九四五年（昭和二十年）五月の台北大空襲では、総督府をはじめ主要官庁や軍事施設のほか市内各地が爆撃され、市民約三千人が犠牲となった。

二二八事件、逮捕、拷問

復員してからのことを話しましょう。

終戦の翌年の五月に戻ってきたら、おばあさんが泣いて喜んでくれました。なかなか職に就けずに、弟の慶璋《けいしょう》と一緒に苗栗で瓦の粘土運びをしていました。

一日五十銭だった。弟と二人で一円。三ヶ月ほどその仕事を続けて、その年の秋に台北の叔父が経営する新聞社「大明報」に記者として雇われました。

この叔父は、ぼくが中学のときに一時勤めた印刷会社をやっていた人。ぼくはこの新聞社に寝泊まりしていました。一九四七年（昭和二十二年）二月二十七日の晩、遅くまでラジオを聴きながらその晩の事件のことを聞いておりました。闇タバコの取り締まり中に市民一人が射殺されたという事件です。

すごく遅くまでラジオを聞いておったから、明くる朝はすごく遅起きで。起きたらなにか聞こえるので音のほうに駆け出してみたら、デモ隊が通っていました。いい取材の材料だと思って、早速新聞社に帰って着替えして駆けつけたんです。

デモ隊が目指した専売局の表門は閉まっていて入れないから、脇の門から太鼓をたたきながら入っていきました。ぼくはそこはついて行っていません。すごく長い時間が過ぎました。学生も市民もみんな来るんですよ。どんどん人間が集まってくる。わいわい騒いで。十一時四十分あたりかなと思うんですけど、専売局のベランダに王民寧《おうみんねい》という、戦争中は重慶に逃亡した台湾の人、この人が少将に新任されて警察の役人だったんですが、この人が現れて、「ここはだれもいないから、ぼくが陳儀《ちんぎ》行政長官のところに連れていってあげる」と、デモ隊を先導していった。今の中山南路。行政長官公署に向かった。

そこに入ったとたんに機銃掃射があったんです。中山路と忠孝路の十字路の真ん中にロータリーがあって、そこに何人か倒れておった。それで群衆は「人殺しや」と言って駅のほうに逃げていった。

そのとき見たことをぼくは書いたんです。おやまさん（中国人）がこういうふうに無残に台湾人に向けて掃射した。台湾人は甘いことで踊らされて自分の同胞だというが、こういうふうに殺されている、という記事を書きました。ぼくは、編集長が新聞に出してくれたかどうかわからなかった。

というのは、記事を編集長に上げなきゃいかんでしょ。編集長はそれを見て出す、出さないを判断するでしょ。だから記事が掲載されたかどうか知りません。当時は自分のところよりもほかの新聞社の記事を気にしていたから。

わたしの見方では、戦後来た大陸の人たちは、台湾を治めるという気持ちはなかった。台湾はおれたちが制圧した戦利品だから、という気持ちで台湾に来ておって。なんでも金になるものは、自分たちのもんだという考えで来たわけだ。だから来た人たちは文化的に法というものを守っていません。おれらが制圧したところだから、何でも全部取れると。だから摩擦が毎日あるわけ。わたしから見たら文化衝突だ。もうひとつは文化よりも心の思い。台湾を統治する、という思いがない。法を守って統治しているんじゃない。

この二二八事件は、差別されていじめられて爆発した事件なんです。その日のうちに、抗議行動が台湾中に広がって、台北駅なんかでは、日本語で話しかけてわからなければ中国人とみなして殴りつける、という暴行事件もたくさんありましたよ。すぐに台湾人の中から、自分たちでこの問題を解決しようという動きが出て、「二二八事件処理委員会」というのが作られたんです。

国民党との話し合いの最中、三月八日、国民党の援軍が基隆に上陸しました。ぼくが勤めていた新聞社の編集長は満州人でしたが、あとで捕まって銃殺されたと聞きました。ぼくも捕まった。

捕まえられてものすごい拷問を受けました。銃身の先で胸をぽんぽん打たれて白状しろと。自分のことで拷問を受けたんじゃない。叔父が二二八事件処理委員会の委員で、名簿に名前があったからです。向こうの軍隊が上陸してこの人たちを捕まえて殺していた。

で、この叔父が逃げたんです。前もって捕まえにくるということを知っていた。というのは、ここの警察署の客家人、貧しいから叔父がお金を援助していたんです。彼はそのことを恩に感じて知らせに来た。逃げなさいと。それで、その明くる九日の朝だったか、刑事が来たときは叔父はもう前の晩に逃げてしまってるわけ。警察がずっと工場の中、事務所も全部探していないでしょ。

それで、こいこいこいってね、警察局がすぐ裏だから、刑事に連れられて行って、そこの地下室で拷問を受けたですよ。「叔父、どこにいるか」と。

わたしは知りませんもん。叔父の住まいと新聞社は離れておって、わたしは新聞社に寝泊まりしておったから。

昔からわたしは「人間は正直に」と教わってきた。ぼくはそういう教育を受けた日本人だと思って、「わかりません」と言った。絶対に、うそというものはつかないわけです。それですごく拷問された。わからないでしょ。叔父は逃げるからって報告に来るわけじゃなし、ほんとに知らないものは知らない、わからんと何回も言ったんです。

白状しろって殴られて、卒倒するでしょ、最後は水をぶっかけられて白状しろ、って。すごくいじめられました。そのうち、うそをつかなければ命をとられる、拷問で死んでしまうと思いました。うそでもいいから吐き出さないと、というわけでぼくはうそをついたんです。「二階と三階の階段の下の物置に隠れていないか」と。そしてやっと拷問から逃れて地下室の牢屋にぶち込まれました。向こうはおそらく、わたしのうそで探しに行ったと思いますね。

牢にぶち込まれた後、どれぐらい時間が経ったか知りません。拷問の当日は打撲傷でものすごい発熱です。牢屋の牢卒《ろうそつ》が台湾人だったの。その台湾人に「お母さんから、打撲傷の薬をもらってきてください」と言《こと》づけた。そうしたらその人がその通りに持ってきてくれたんですよ。それを飲んで何日か後に熱が下がって。

何日経ったでしょうか。もうすごく時間がありましたね。で、ある日、出てこい出てこいと呼び出されて、縛られて、目隠しされて、トラックに放り込まれた。同じ牢屋から呼び出されて何人かいましたけどね。確かにふたところで止まったと思う。どこかは知りません。あとで、また連れ帰られて警察局の地下室に戻されたんです。

もう、トラックの上に積まれていたときは「ああ、もうこれが最後だ」と、ほんとに悔しい、つまらない、こうして死ぬなら戦地でいっそ華々しく死んだほうがよかったと思いました。なんでこういうことでぼくは死ななきゃならない、と。戦地のことも家族の顔も浮かび上がって、「これが最後だ」と。いやーほんとに悔しいなと思った。ところがあにはからんや、また連れ帰られて牢屋にぶち込まれました。

あとから聞いてわかったけど、あのとき国民党の国防部長だった白崇禧《はくすうき》が視察に来て、「裁判にかけていないものは殺すな」という命令を出して、そのおかげでぼくは助かったんです。ところが一九五四年（昭和二十九年）、七年後に弟が、わたしの代わりに死んでいってくれたんです。銃殺されました。

なぜ弟は銃殺されたのか

その前年、弟は新聞社の文選工といって、活字を拾う仕事をしていて、ある国民党員と知り合った。この人は毎日、新聞記事を切り取って集めて新聞社で印刷していたようで、勉強会を組織していたらしい。なにを勉強しておったかわからんけど、時局とかそういうことかもしらん。この勉強会を開いていた人が銃殺されてしまったんです。ぼくの弟と何人かがこの人の名簿にあったわけ。それがために弟が捕まえられた。

すごく心配した。何とか助けてやろうと思っても、金があればなんとかなったけど、貧乏だったからね、ぼくたちは。初めは、弟がどこへ連れられていったのかもわからなかった。

居場所がわかったあとも、面会は禁止だから、ほとんど毎週差し入れだけしていました。一年ちょっとしたあとで、銃殺されたのがわかった。虫の知らせというのがあるんですね、ある朝、五時あたりにぱっと目が覚めて、何だろうなあ、と少しおかしい気持ちでいた。

そしたらその朝、八時ぐらいに兵隊が弟の遺靴を持ってきて「これ返すから」と。死体はあるお寺にあるから引き取りにきなさいと。それで初めて弟の死体に対面した。そこには四つの死体がありました。みんな血だらけ。弟が特に血がいっぱい。うしろから弾が入って口から出て爆発して、顔が血でいっぱい染まっていました。だからそこの工人に傷口を縫ってもらって、洗って着替えさせて、火葬場に運んで火葬した。そして骨を引き取って帰ってきた。

ぼくはすごく悲しくて悔しくて、なんとも言えない、あの気持ちは。ああ、情けないなあと思ってね。お父さんが残してくれた唯一の弟ですから。どうしてぼくは助けられなかったかと、お詫びの気持ちで弟の遺骨を持って帰りました。そのときは長屋に住んでいて、長屋に仏壇、仏壇といっても小さいですけどね、写真と骨壺置いて。それが弟と最後の別れです。それが、ぼくが遭った白色テロの経過ですね。

どうしてか、というのはわたしは知りません。あとでわかったけど、何かの団体に加入して、作業をした。団体に加入しただけじゃ死刑はなかったらしい。作業は、印刷のなにかじゃないかと思うんですよ。先に処刑された人が雑誌を発行していて、うちの弟が文選工だから、印刷に関わったんだと思うんです。勉強会とはいっても、どういう勉強会かはわかりません。弟はわたしに言づけはしてないから。

あのときぼくは二十七歳。弟が二十六歳。悲しいですよ。悲しかったですよ。もうほんとに自分の胸をたたいて、「どうしてこんなになった」と。ほんとに悔しかったですよ。なんとも言えない、ぼくの気持ち。悲しい。憎らしい。ぼくの代わりに弟があの世へ行ってしまったわけですよ。

だから、ボランティアで説明している総統府の中でも、蔣介石親子に関する展示室は絶対説明しない。見ただけでも悔しくて。なんでこういうはめにならなければならなかったかと。

弟が銃殺されたあと、ぼくは自殺も考えました。でも、当時まだおばあさんがいたの。おばあさんは四つの時分からぼくを引き取って、大事に育ててくれた。弟が亡くなって、ぼくがもし死んでいったらあとにだれもいない。おばあさんが苦労して育ててくれたことを思い出して、死んではならんと冷静になってきたんです。あのときお母さんがまだおったけど、お母さんに対してはぼくはあまり気を遣っていませんでした。

ただ、テロじかけのことをして華々しく国民党と戦ってやろうと思っていた。こんなにいじめられるというのはすごく悔しかったです。でも、おばあさんのことを思い出して、自分は責任がある。ぼくがあの世に行ってしまったら残ったおばあさんはどうなるかと、それを思って冷静になったわけです。

この事件のあとで、自分の国がなければならんと思いました。こういう年だけど、この身を挺《てい》しても、国というもの、台湾独立は絶対必要だとぼくは感じております。

わたしはいまの若い人たちは罪がないと思う。なぜかというと、仮に国民党に加入して悪いことをやっているとしても、これは仕方がない。というのは、いままで軍事独裁政権で抑圧された教育を受けてきた人たちですから。

だからわたしは二二八紀念館ができると同時に、率先してボランティアとして志願したんです。過去の事実というものをみなさんに伝えたいために。ぼくは命のある限りにおいて、あとの世代に伝えてあげるという気持ちでボランティアに志願したわけです。この人たちは罪がない。知らないでしょ。どれもこれもぼくの話を聞いて、そうか過去はこうだったのか、と気づいてほしい。いまではそれを教えない、だましておって。

だから日本の方も、台湾の若い世代もぼくの話を聞いて悟られるというわけで、これがぼくの責任であり任務だと、そういうふうに考えておりましてね。いくら苦労しても苦労があってこそ、台湾の民主化が進むとぼくは思っております。

台北二二八紀念館は日本統治時代、ラジオ放送局だった二階建ての建物で、二二八事件発生当初、一部の台湾人青年が占拠し、台湾人に決起を促す放送を流した。

事件から五十年経った一九九七年（平成九年）二月二十八日に、紀念館として開館した。一階部分に二二八事件勃発までの台湾の歴史、二階に二二八事件発生から現在に至るまでの出来事が時系列にわかりやすく展示してある。蕭さんは週一回、ボランティアの解説員としてここに通っている。

ある日、蕭さんが日本の中年男性三人を案内したときのこと。「戦後、台湾には『犬が去って豚が来た』という言葉がありました。うるさい犬、日本人がいなくなり、食べるだけの豚、中国人が来たという意味です」と説明すると、三人はただ苦笑いするしかなかった。

またあるとき、台湾の師範大学、日本でいう教育大学の学生たち十数人を相手に、蕭さんは台湾語に北京語を混ぜて解説していた。学生たちはみな、身振り手振りを交えて説明する蕭さんをじっと見つめて聞いていた。

見学を終えた学生たちは、「教科書で教えられていない当時の状況がここに来てよくわかった。もっとしっかり歴史を勉強したい」「ほとんど知らないことばかりだった。帰ってからこの事件について両親と話したい」と感想を述べた。台湾でも日本でも、その国の未来を担う若者たちが、自国の近現代史をきちんと教えられていない状況は同じなのかもしれない。

ただただ幸せにしてあげたいと

ぼくはね、結婚は遅かったの。ずっと経済的に恵まれていなかったので、十二人の友達と組んで義兄弟になったんですよ。

あの当時、戒厳令で集会できないんですよ。みんなでこっそり集まって血を交わして義兄弟になって。十二人の義兄弟のうち十一人がみんな結婚して子ども産んだ。わたしは三十まで頑張ったというか経済的に恵まれなかったから、自分の家内を養うだけの力がない。ですから弟が死んでしばらく、三十まで相手がなかったですよ。

母はおやじが死んだあとすぐにほかの男と同居したんですよ。これをぼくは恨んでいた。そしてわたしが海外（戦争）に行っていた間にその男は博打で自殺して、お母さんはその男との間に産んだ子どもと一緒に暮らしておったんです。それが長屋の一番奥だった。お母さんのところに行くときは頭下げて黙々と黙って通ってね。長屋の女の子を見ただけで顔が赤くなるような（笑）。あの時分ですから。

で、家内になった女、あの人がやっぱり長屋に住んでおったんですよ。そのお家、みんな女の子。家内が三番目。一番大きいお姉さんが、わたしと同じ年で、もうひとりお姉さんがいました。お父さんとお母さんが無教育なんですよ。お父さんはだらけて仕事もしないで、お母さんが洗濯で養っておるんです。だからすごく貧乏な家庭で、教育のない親父は毎日博打でした。

長屋は、S字みたいに曲がった長屋なんですけど、ある日の夕方、日が暮れたころ、曲がり角でひょっと彼女が現れたんです。当時、初めてナイロンの靴下が出まわっていたの。彼女がそれをひょっと突き出してきたんですよ、靴下を。ぼくはびっくりして、あっけに取られて受け取ったのよ。ほんとにそういう気がなかったけど、突然突き出してきたから、無意識に受けとったの。ぼくがもらったあとで、彼女、ばばばと逃げちゃったんですよ。ナイロン初めてだからね。やっぱり高かったでしょうね。ナイロンの靴下もらってぼくもあっけにとられてね。彼女は逃げて返すこともできないし、そのままもらってしまった。

何日間か、これどうしようかと考えました。何のためにこれもらったかと思案して、何か買って返そうかと思ったんですよ。あのとき一番珍しいのがナイロン。じゃあこれどうしようかなと考えていたところに、日本映画が入ってきたんです。一番初めに入ってきたのが『流星』。山口淑子が歌った「恋の流れ星」という歌、今でも覚えてますよ。

♪つれないゆえに　こんなにも
死ぬほど恋しい　あなたやら

その次に来たのが『青い山脈』です。主演はだれだったかなあ。ある日の夕方、彼女がお母さんと一緒に洗濯している。お母さん、ものすごくおとなしくてとてもいい人だったんですよ。ひとりで苦労して子どもを洗濯で育てて暮らしていた。彼女とお母さんが洗濯しているところにぼくが寄って行って、「ちょっと来てくれ」と呼んだんですよ。

「玉鳳《ぎょくほう》、ちょっと来ないか」と呼び出して、「ナイロンの靴下もらったけど、なにもあげられないから、日本映画来てるからおごってあげよう」ってね、ぼくが持ち出したら承諾してくれた。明くる日の晩に、彼女のお友達も連れて、第一劇場に一緒に見に行ったんですよ。

で、一緒に何回か映画を見て、家内と結婚したんですよ。十二名の義兄弟、義兄弟というのは兄弟みたいに心を許せる仲。十二名の中でぼくが一番遅かったですよ。お前、どうしたか。なんか問題があるんじゃないかと、それまでぼくは誤解されてました（笑）。その実は金がなかったんですよ。

家内は無口で、ぼくも無口だけどね（笑）。知り合ってからしゃべるようになったんですよ。無口で清潔で親孝行だったんです。冬の寒い日、お母さんの洗濯手伝っていて、それにぼくは惚れたわけ。孝行な子だし、清潔だし、いたって純情です。

ぼくと付き合っている間も、お父さん、お母さんからもなんだかんだと縁談を持ち込まれていたそうで、それは全部彼女から聞かされた。それだけ誠意があったらもらわなきゃいかんでしょ。お金はなかったけど、その当時三千円を義父に渡して、家内を連れておばあさんと一緒に暮らした。そうなればなんとかしなきゃいかんでしょ。愛してるからこそ出世しなきゃいかんという歌がありましたね。

それでぼくは一生懸命になってね。なんか商売しなきゃいかんと。養っていけないからね。月給サラリーマンじゃちょっと難しいな、とね。三十歳まで頑張ったのは、経済基盤がなければ結婚できないとずっと延びてたんですよ。

頑張ったのよ。いったん結婚したからには、彼女を幸福にしないといかんと。これほんとですよ。わたしも貧乏、相手ももっと貧乏な家庭。ぼくは何とか頑張って幸せにしてあげなきゃいかんと思ってね。一銭もなかったから、八百屋でお米をツケで買った。突然、暴風のために野菜の値段が上がって買えなかったこともありました。だから捨てられた野菜を拾ってきて漬物にしてそれを食べて、それで生きてきましたよ。

結婚の明くる年、大きい子ができました。子どもは全部で六名、男の子が二人。ここで一緒に住んでおるのは二番目、大きい子は高雄《たかお》におります。子どもも養うのにも、そりゃ苦労しましたけど、やっぱりね、人間というものは頑張れるなら頑張ってね。前線で教わったことわざ「人事を尽くして天命を待つ」というその心意気でぼくはずっと頑張ってきたわけです。

家内は無口で、どんなに無口かというと、あなた考えてみてください。お客さんが来たら、部屋の中に隠れてしまう。大変ですよ。お客さんも子どもの世話もぼくが全部担わないかんです。

ぼくの気持ちはただただ幸せにしてあげたいと。愛してきてくれたから。こんな貧乏なぼくを愛してきてくれて、しかもこんな面《つら》を持ってる男を好きになったというのは、ぼくはありがたいなと思って、感謝に堪えない気持ちで。絶対家内を幸せにしてあげないといかんという決意でした。そりゃ苦労しました。ずいぶん。

それからの人生は徐々に徐々に上昇してね。家内は十年以上前に死にました。ほら、この写真、まだ元気なころに子どもたち、孫たちと一緒に撮ったの。

(※1) 客家人　古代より中国の北部から戦乱などの理由で南下した避難民で、独自の客家語を話す。福建省や広東省などのほか、シンガポール、マレーシアなどの東南アジアに分布する。台湾では新竹縣や苗栗縣などに住み、人口は台湾全体の約一二パーセントを占める。李登輝やシンガポールのリー・クワンユー元首相らも客家人。

(※2) 無尽会社　口数を定めて加入者を集め、定期的に一定額の掛け金を振り込ませて、一口ごとに抽選または入札によって金品を給付することを業務とする会社。日本では昭和二十六年(一九五一年)の相互銀行法の制定により、一社を除くすべての無尽会社が相互銀行に転換した。

4. 忘れえぬ恩師

宋定國さんのこと

宋定國（そう　ていこく）

一九二五年（大正十四年）生まれ。公学校五、六年生の担任だった小松原雄二郎先生を忘れることができない。貧しさから夜間中学退学を考えていた宋さんに、黙って五円札を渡し支えてくれた。

中学卒業後、日本の高座《こうざ》海軍工廠に「台湾少年工」として渡り、甲府の東部第六三部隊で敗戦を迎えた。戦後台湾へ帰ったが、小松原先生に十分なお礼もできぬままとなってしまった。戦後三十数年経ってから、やっと先生を捜し当て再会を果たすも、すぐに死別。毎年、千葉県にある墓に参る。

写真（右）夜間中学の卒業アルバムより

成田から恩師の墓へ

宋さんに初めて会ったのは二〇〇七年（平成十九年）五月。宋さんは、神奈川県大和市で開かれる「高座《こうざ》日台交流の会」に出席するため、当時、大学四年生だった孫の彦蓉《げんよう》さんを伴って来日した。

電話では何度か話していたが、直接会うのはこのときが初めてだった。成田に出迎えると、鼻の先までずり落ちためがねの奥の目が、とても優しい人だった。握手をした手は厚みがあって柔らかく温かかった。

一行は総勢三十人ほど。彼らは第二次世界大戦中、「台湾少年工」として、神奈川県の旧高座郡にあった「高座海軍工廠」で戦闘機「雷電」の製造や整備に従事した少年たちだ。

戦後、台湾に戻り、高座の名にちなみ「台湾高座会」という同窓会組織を作ったが、戒厳令下で集会は持てなかった。戒厳令が解除された一九八七年（昭和六十二年）以降、毎年、全国規模の同窓会を開いている。また近年、日本の関係者で作る「高座日台交流の会」とも頻繁に往来しており、毎年春は大和市、秋は台湾に集う。

当時、宋さんらがすでに七十歳代後半から八十歳代前半であったことは確かだが、とにかく元気はつらつ、背筋がシャンとしている。旅の疲れも見せず、「第二の故郷」と呼ぶ大和市に向けてバスに乗り込んだ。

宋さんは空港で一行と別れ、孫を連れてある場所に向かう。日本へ来るたびにまず最初に向かう場所、それは恩師小松原雄二郎先生のお墓だ。

千葉県鎌ヶ谷市までタクシーを飛ばす。よく晴れた空の下、墓地の近くに到着すると、すぐに花屋で仏花と線香を求めた。レジで思わず台湾元のお札を出してしまい、一同大笑い。宋さんは、「困ったもんだなあ」と照れ笑いしていた。宋さんが「昨年もその前の年もここで花を買った」と話すと、花屋の人も覚えていた。

そこからが大変だった。毎年参っているとはいえ、お墓の正確な位置を把握しきれていない。広い墓地の中をさまようこと十五分。「あ、来た」。やっと先生のお墓を探し当てた。

しばらく墓の前でたたずむ。「ほんとにもったいないないよ」。静かに墓石と向き合っている姿は、まるで先生と対話しているかのようだった。花を手向け、線香を供える。

宋さんは大量の線香に火をつけて上下に振り、火をふーっと息で吹き消した。そして、右手のこぶしを左手で包んで縦に振りながら祈りをささげる。わたしはカメラを回しながら、宋さんのしぐさに釘付けになった。

墓参りを終えた宋さんは、とてもさわやかな笑顔を見せた。

「あー、よかった」。墓から最寄りの駅に移動し、電車を待つ。「お嬢ちゃん、松戸までこっから行かれる?」と、ベンチに座っていた高校生に話しかけた。「ホームのこっちの電車で行けます」と教えられると、宋さんは「ありがとう」と言い、彼女の横に腰を下ろした。彼女は、宋さんを外国人だと思っただろうか。

電車を三回乗り換え、約二時間かけて大和に着いた。

台湾少年工は、一九四二年（昭和十七年）、台湾総督府を通じて台湾各地で募集が行われた。選抜試験を経て、小学校、高等科、中学校を卒業したばかりの十三歳から二十歳までの約八千四百人が集められた。

当時、台湾人の進学は非常に難しかったため、働きながら学んで給料がもらえるうえ、一定期間勉強して働けば上級学校の卒業資格も取得できるという条件は、向学心に燃える優秀な台湾人少年たちにとっては魅力的だった。一九四三年（昭和十八年）五月から一九四四年（昭和十九年）五月にかけて来日し、高座海軍工廠へと向かった。

現在の大和市に、台湾少年工たちの宿舎があった。彼らが大和市を「第二の故郷」と呼ぶゆえんだ。二階建ての寮が四十棟。一棟で約二百人が生活していた。

当時の写真には、大浴場でイモ洗い状態になっていたり、宿舎の二階の窓から顔を出したりしているあどけない少年たちの姿がある。暖かい台湾から来た子どもたちには、神奈川県の冬の寒さはつらかったに違いない。みな、あかぎれやしもやけに悩まされたそうだ。

現在、高座日台交流の会事務局長を務め、宋さんのお墓参りに同行した石川公弘さんの父は、当時、台湾の少年たちの生活指導や監督をする舎監のひとりだった。四人の舎監がひとり十棟ずつを担当したというから、石川さんのお父さんは約二千人を見守っていたことになる。

一九三四年（昭和九年）生まれの石川さんは、子ども心に「台湾のお兄ちゃん」たちのことを覚えている。朝、工場に向かうとき、夕方、宿舎に帰ってくるときには、大きな声で軍歌を歌いながら行進していた。ときには、台湾の実家から送ってきたドロップ飴を缶ごと投げ渡してくれた。戦況が悪化すると、寮の食事も貧しくなり、育ち盛りの少年工たちはいつもお腹をすかせていた。それでも、少ない飴玉をわけてくれたお兄ちゃんもいたという。

高座海軍工廠は、戦闘機「雷電」の製造を目的に、一九四四年（昭和十九年）四月に開設された。海軍士官や技術職員、工員、動員学徒、女子挺身隊ら約二千人と、台湾少年工たちがともに働いた。動員された日本人学生の中には、作家の三島由紀夫や水泳選手の古橋廣之進もいた。

当時、アメリカの戦闘機B29による本土空襲が激しさを増していた。日本には、高度一万メートルを飛行するB29を迎え撃つだけの性能を備えた戦闘機がなかったため、新しく開発されたのが雷電だった。百二十八機を送り出したものの、開設翌年の八月には敗戦を迎えることとなった。台湾の少年たちは志半ばで帰国することとなり、上級学校卒業の資格を得ることができなかった。

この先生なかりしかば

お墓参りから半年経った二〇〇七年（平成十九年）十一月、台北市内の宋さんのお宅を訪ねた。四階建ての大きな家で妻と二人暮らし。三男二女の五人の子どもはそれぞれの家庭を築き、週末になると戻ってくる。四階の居間で話を聞くことになった。

居間から続くベランダには、観葉植物や花などの鉢がたくさん置いてある。これらの鉢の水やりは宋さんの担当だそうだ。一鉢ずつ丁寧に水をやる宋さんの姿が目に浮かぶ。周囲に高い建物がないおかげで北西に向いた窓からの見晴らしが良く、台湾桃園国際空港を発着する機影を遠くに見ることができる。

宋さんは、階段を昇り降りして昔の卒業アルバムや公学校時代の通信簿を出してきて見せてくれた。通信簿には「甲」がずらりと並ぶ。宋さんは「成績、いいでしょ」といたずらっぽく笑った。そして、公学校の卒業アルバムを一ページ一ページ丁寧にめくりながら語ってくれた。

「先生の面影です」

五、六年生のときに担任だった小松原先生。黒縁のめがねを掛けて集合写真の前列中央に座っている。

「なにしろお母さんはぼくが小さいうちにうちを出ていったの。お父さんは公学校四年のときに死んじゃった。ぼく、こうみてきたらほんとにかわいそうなもんでね。だから、卒業できたのはこの先生、ほんとにこの先生なかりしかば、ぼくはとてもとても」

宋さんは兄夫婦と同居していたが、兄嫁は、働かずに学校へ行く宋さんを良く思わなかった。学校をやめて働くよう言われ、困った宋さんが小松原先生に相談すると、「がんばって公学校だけは卒業しなさい」と、当時必要だった授業代を肩代わりしてくれたほか、文房具などもそろえてくれた。修学旅行などもってのほかだったが、先生は「宋くん、心配するな」とだけ言い、宋さんを連れていってくれたという。同級生の中には「貧乏な宋定國がなんで修学旅行に行けるのか」と陰口を言う者もいた。

「この先生なかりしかば」は、宋さんの口癖になっている。

——公学校卒業後はどうしたのですか？

公学校出てですね、あるテント屋の丁稚《でっち》小僧になった。ズックの裁断、荷造り、リヤカー引き、そういう雑役の少年になった。そのうちに、夜になって会社の門にもたれて外を見ておったら、本を持って、かばんみたいなのを持って通り過ぎる子がある。そのうちの二、三名に聞いたの。「あんたがた、小学校を出ていますか？」「出てるよ」「どんな学校に入ってるの？」「夜の学校よ」「何の学校？」「成淵《せいえん》学校」

成淵学校は台湾で最初の夜間中学として一八九七年（明治三十年）、台北市内に開校された。当初は「民政部研修会」という名称だったが、一九〇五年（明治三十八年）、民政長官の後藤新平によって「成淵学校」と名づけられた。現在は台北市立成淵高級中学となっている。宋さんは、働きながら勉強ができる夜間中学の存在を知り、早速予科二年の試験を受けて入学した。

しかし、宋さんは仕事と勉強を続けるうちに体調を崩し、家計も困窮し悩んでいた。そんな宋さんのことを友人が小松原先生に話したのだろう、ある日、友人が「小松原先生のところへ行け」と言う。

しょうがないもんだから、ほんとに学校をやめようと思ったの。で、先生のところへ行った。そしたら先生は何も言わないで、「宋くん、いまが大切だ」と、ポケットに五円札を入れてくれた。「宋くん、がんばりなさい」と。
当時の五円札は大金だった。大きい金だった。ぼくは涙を流しながら、「先生、わたしは必ず成功します。どんなことがあっても成功してみせます」と誓ったの。

小松原先生は、先生のお宅を辞そうとする宋さんの後を追ってきて、後ろを気にしながら五円札を渡してくれたという。「奥さんには内緒だったんじゃないかな」。小松原先生はその後、住み込みで働ける台湾食品工業の事務の仕事を紹介してくれ、宋さんは安心して勉強に打ち込むことができた。一九四四年（昭和十九年）三月、四年間通った夜間中学を卒業すると、すぐに高座海軍工廠へと旅立った。

――なぜ高座に？

そりゃ、最初は行こうかな、行くまいかなと、考えました。もっとも、行きたいんだけど、いいかなあ、という懸念もありましたけどね。結果的に志願したわけです。

なにしろ、その募集条件がとてもいい。そこに行けば月給ももらえるし、小学校出た人なら工業学校卒業の資格を与える、中学校出たものは高等工業学校卒業の資格を与える。でも、嘘八百のでたらめだった。とにかく人員が募集できればそれでいいんだから。

高座海軍工廠が開設されたころには、すでに日本の敗戦の色が濃くなっており、少年たちは勉学もそこそこに実習場での技術訓練を受けると、高座をはじめとする全国各地の軍需工場に派遣された。

――高座海軍工廠ではどんな仕事をしましたか?

ほかのみんなは実習で、ピーッという笛の合図に合わせてタガネにハンマーを打ちつけてやっとるんだろ。わたしは台湾食品工業株式会社の事務に勤めておった関係で、第三工場の事務に回された。

ところが事務なんてない。そもそもまだ工場が建ってないんだから。そこに西野という少尉が来て、「おい三浦《みうら》、整備に行かんか」と言う。わたしはあのとき改姓名した。三浦定國《さだくに》。台湾で見た海軍の整備員は、真っ白い制服に白い帽子をかぶって、「ペラ回せ、前離れ」という号令に合わせてとってもきびきびした動きをする。あこがれの気持ちもあって、「はい、行きます」と、整備へ行ったの。

確かに飛行機全部ばらばらにして、脚《きやく》から翼《よく》から一部一部みな教えてくれるんだから、機械の知識が全部入ってくるわけ。で、今朝教えられたことを午後試験。パスしないものは、しまいから六番目まで整列させられて、「手上げろ！けつ上げろ！」、ビャン、ビャン、ビャンと叩かれる。そういうもう威圧的な教育。でも、やってきました。叩かれずにやってきました。

やっぱり高座に入った後、すべての訓練、すべてのことがわたしを変えてくれた。忙しい、それに厳しい、そういう毎日だったけど、わたしには少しも入って悪かったという感じはしません。

少年たちは、高座海軍工廠だけではなく、群馬県の中島飛行機小泉製作所や三菱航空機名古屋製作所、兵庫県の川西航空機など、全国の軍需工場に派遣されていた。宋さんは高座から鈴鹿航空隊、横須賀の海軍航空技術廠へと転属したが、一九四五年（昭和二十年）、甲府の「東部第六三部隊」に召集された。

召集日は本人の記憶が六月か七月かあいまいだが、召集されてすぐの七月六日夜から七日にかけて甲府は空襲される。米軍爆撃機B29百三十機余りが甲府市とその周辺に焼夷弾の雨を降らせた。甲府市全戸数約二万六千戸のうち七〇パーセントを超える約一万八千戸が全半焼し、千百二十七人が死亡した。

このとき宋さんは猛火の中、市民の救助にあたり、炎に包まれようとしていた市役所のトラック四台を果敢に移動させ、焼失を免れさせた。当時、トラックは物資の輸送に欠かせなかった。敗戦の翌日、中隊長は全軍の前で宋さんのこのときの活躍をねぎらい、感謝の言葉を述べた。

大和市にある善徳寺の境内に「戦没台湾少年の慰霊碑」がある。高座海軍工廠に海軍技手として勤務していた早川金次さんが、一九六三年（昭和三十八年）、私財を投じて建立した。当時、戒厳令下の台湾にこのことが伝わると、元少年工たちは「日本はまだわれわれを忘れていない」と思ったという。一九九五年（平成七年）、戦没者の五十年忌法要の際に、亡くなった少年工の詳細がわからないことが判明した。病死のほか三菱航空機名古屋製作所の空襲で二十五人が亡くなるなど、各地の軍需工場で亡くなった少年工も少なくなかった。かつて海軍主計少尉として少年たちとともに働いた野口毅さんが奔走し、氏名、戦没の場所などが明らかになった六十人が靖国神社に合祀されている。

また、一九四三年（昭和十八年）から数えて少年工たちの来日六十周年にあたる二〇〇三年（平成十五年）十月には、大和市において「台湾高座会留日六十周年歓迎大会」が開かれ、約六百人の元少年工たちが第二の故郷に里帰りした。

ここでは、元少年工約千二百人に対し、日本政府から工員養成所の卒業が確認できる人には卒業証明書、そのほかの人には在職証明書が授与された。「日本で高度の航空技術を習得し、戦闘機を製作したという事実を示す証明書をもらい、人生の節目にしたい」という彼らの願いだったという。その願いをかなえるため、野口さんらが粘り強く政府との交渉にあたった。大会は日本人参加者を含め約千人が「仰げば尊し」を大合唱して締めくくられた。

大和市の引地川公園には東屋風の建物「台湾亭」があり、そこには「若き日の夢を託した大和市が第二の故郷」と刻まれている。台湾の元少年工の有志が日台親善を祈念して、一九九七年（平成九年）、台湾から材料を運び、台湾人の職人の手によって建立し、同市に寄贈した。

三十年ぶりの再会

——戦後、台湾に戻ってからは？

当時、日本から帰ったとき、小松原先生を訪ねたんですよ。先生の苦しい状況も知らないで、わずかにお芋を五、六個ぐらいかな、それを持って先生のところへ行った。

終戦当時は、やっぱり先生の生活は苦しかったらしい。子どもが三、四名もおるんですよ。わたしはそれを少しも考えなくて。で、すぐに職に就いたもんだから、忙しくしているうちに、いつのまにか先生は日本に帰られた。

職というのは、台湾食品工業株式会社の残務処理に行ったんです。先生が帰ったときは、あとで「あー、しまった」とは思ったんだけど、しまったと思ってもどうにもならん。あとで小松原先生に連絡しようと思ってもどうにもならん。悪いなあ、先生が敗戦で帰るときに何もしてあげなかった。そのことでとても心が苦しい。ほんとに苦しい。

――国民党統治が始まっていましたね。

日本から帰ってきて、これからの時代は中国語も勉強しなくてはと、講習場に漢文、中国語を勉強に行った。台湾人でありながら漢文できる人、そんなにありゃしない。それまで日本語だったのが台湾語にかわった。そればかりじゃない、中国語にかわった。文章も台湾語で読んでいいのか、中国語なのか。ああいうどさくさ、なんともいえない。苦しい思いもした。

講習場へ行く通り道に昔の公学校の先生がおった。「おい、宋定國、お前、いま何してる」「台湾食品工業に勤めております」。いつも出かけるたびに問われる。「社子国民学校は教員が不足している。お前行く気持ちはないか?」と、こう問われる。あのころ給料は少ないし、中国人の先生はだらしない中山服(人民服)着て受けが悪いんだね。心の内では、「なるもんか」と思っていた。

でも、仕事を探してるうちに「何をしよう」と考えてしまった。日本の中学校で一生懸命勉強したけど、これといった学問もないし。結局、勧められた通り学校に入ったの。やっぱりぼくは高座で整備をやった関係もありますし、小学校時代もこの通り成績がいいだろ（笑）。だから最初は一年生をわずか二十日間だけ。こいつは教えられるとわかって、あとはみんな五、六年生を受け持った。試験準備班はみんなぼく。頭は悪くないらしい（笑）。

——教師生活は？

先生になるときは、やっぱり日本人の先生のようになろう、そういう気持ちでやってきた。小松原先生に負けない立派な先生になろうと。先生はほんとに一生懸命に教えるんですね。その先生の一挙一動が自分に影響しましてですね、先生に負けてはいけませんという観念です。

中国から来た先生なんかでたらめ。もう体操もできませんし、汚い中華服、靴を身につけて、だらしないような態度で学校に来る。普通、先生は革靴を履くんだ。こっちはやっぱり日本的なあれがあるんだから、着物もすべて日本人らしくやってきた。

体操も、海軍体操を生徒に教えてね。初めて海軍体操を見た人は、「こんな体操があったのか」と驚いてた。それぐらい、ぼくは一生懸命やってきました。ずっと教員をやって、三十年と三ヶ月のあとに辞めた。

それから、あるホテルのマネージャー、総経理になったわけですね。そして、お客さんに対して、日本のどちらからですかと、とにかくずっと聞いていったんですね。

で、ずいぶんあとになって初めて、千葉から来た人に会ったの。鎌ヶ谷《かまがや》の人。しかも教育委員会の人だったから、小松原先生を知ってたの。その人が帰って翌日に、先生の連絡先を知らせてくれた。同級生に連絡して先生を招いてね、台湾に来てもらった。服やら靴、奥さんのアクセサリーもみんなでプレゼントした。

一九七八年（昭和五十三年）のことだった。宋さんは小松原先生を空港に出迎え、再会を果たす。

三十何年ぶりだよ。なんにも言えない。なんにも言えず。もう笑顔でいっぱいだ。笑顔でいっぱいで、「あー、そうていこくー」「せんせい」。もうなんとも言えない。

ところがそれからわずか二年あまりだったかして、先生が病気にかかったの。もう、わたしは日本に飛んでいって、ずっと一週間以上ですね、先生が目を閉じるまで病院で看病した。

宋さんの必死の看病にもかかわらず、小松原先生は息を引き取った。「宋くん、もういいよ」が、先生から宋さんに向けた最期の言葉だった。

先生のことはいつもいつも気になる。かつての恩は忘れられない。とにかく先生がくれた恩は誰よりも親よりも兄弟よりも厚く、いい先生だった。涙のこぼれるような思い。なんともいえない敬愛すべき先生。思えば思うほど一生で一番いい先生だったよ。なんと形容していいか。「宋くん、がんばりなさいよ」、いつも思い出します。

歴史はいまにつながる

宋さんのお宅を訪ねた翌日、台北市内で日台交流の会が開かれた。台南で開かれる全国大会の前々夜祭だ。台湾高座会台北区長でホスト役の宋さんは、日本の高座日台交流の会のメンバーを、会場の入口で握手で迎えた。

日本からは約三十人が参加し、総勢百人の大宴会。開会までに時間がある。宋さんは元挺身隊の日本女性を相手に「あの先生なかりしかば、いまのわたしはおりません。父も母もないところであの先生が……。だから先生のことだけは忘れません」と小松原先生の思い出を語っていた。

翌日、台南に移動して前夜祭、そして大会に臨んだ。台湾高座会台日交流協会

第二十回同学聯誼大会。会場に着くと、日本から参加した挺身隊の女性たちが、元少年工と抱き合って再会を喜んでいた。その元少年工の男性は病気でしばらく欠席していたが、久しぶりに参加したといい、息子同伴で来ていた。台湾人の元少年工と日本人の挺身隊員の夫婦もいた。高座海軍工廠で出会い、夫が「戦争が終わって、台湾に連れてきた」という。宋さんたち台北からの参加者数人は、揃いの飛行機模様のネクタイを締めていた。

会場には十人がけのテーブルが六十五席。びっしりと埋まっている。開会後すぐに、亡くなった仲間のために黙禱《もくとう》を捧げた。「海ゆかば」が静かに流れると、どこからともなく歌う声が聞こえてきて、最後は大合唱となった。所定の式次第を終え、宴会に突入すると、宋さんはビールの入ったグラスを持って会場を回り、乾杯を重ねていた。

参加者に話を聞いた。

「ぼくが日本に行ったときは十三歳。小さい小さい。(昭和)十九年三月二十一日だった。小学校卒業して一週間後に船で高雄から神戸、大阪。工場はまだ建設していなかったから、まず中島製作所に行って、高座が出来上がってから行った。そして、厳しいよ、海軍の制裁。ほっぺた。厳しかった。ほんとに厳しかったけど懐かしい。いい教育だった。厳しかったけど、ぼくたちはその厳しさに耐えて帰ってきたから成功している。昭和六年生まれでしょ、もう七十六歳」

「終戦当時は厚木航空隊で滑走路の延長工事をやっていました。マッカーサーが来るのを受け入れる準備ですね、はい。わたしどもとしては、歴史の運命としてそれに甘んじてやってきました。どっちがいいか悪いかということは言えません」

「今日《こんにち》の台湾に対して、日本にも非常に責任がある。その責任の百分の一でも持ってくれと言いたい。われわれも血を流したんだから、日本人も責任を少し負ってくれ。台湾が連合国（国連）に入るように少しでも主張しなさいと。これがぼくが生きている間の望みですよ。どうして台湾がこうなったか。日本にも罪があるのよ。台湾人、罪はないのよ。台湾人には罪はひとつもない。連合国（国連）に入って台湾独立しなさい、と主張するのが日本の果たすべき責任なんですよ」

日本という国がしてきたこと、してこなかったことすべてがいまにつながっている。

大会を終え、会場から出てきた宋さんは満足げな表情を見せた。

「やっぱり、みんな面白く過ごせました。来年まで元気でいることを希望しています。日本にはまた行けるか行けないかわかりません。もうこの年でしょ。いつ足の自由が利かなくなるかわからない。いまのところ丈夫ですけど。できれば来年も、体の続く限り行きたい気持ちです。なぜかというとわたしは毎年毎年先生の墓を参っとるわけですから」

と話してくれた。しかし、宋さんは翌二〇〇八年（平成二十年）、〇九年（同二十一年）と墓参り、大会出席を果たせていない。〇八年春、自転車に乗って自宅の車庫の扉に寄りかかろうとしたところ、閉まっていると思った扉が半開きになっていて勢い余って自転車ごと倒れてしまった。胸を強く打ち、しばらく静養したのだ。

宋さんの朝の日課はバドミントンだ。胸を打ってしばらく控えていたが、回復するとすぐに再開した。毎朝六時半には妻と一緒に家を出て、自分で車を運転して近くの公園まで出かける。「月月火水木金金だからね」。

公園は、日本統治時代には台湾神社だった場所だ。公園のそばにある圓山大飯店というホテルは、蔣介石が来賓の宿所として神社を壊して作った。公園内には野菜やくだものを売る青空市場があり、散歩がてら買い物をする人の姿がちらほら見える。宋さんの奥さんもここで野菜を買っていた。

コートに着くと自分たちでネットを張り、落ち葉をほうきで掃き出す。宋さんは「もう二十何年」というバドミントン歴を持ち、かなりの腕前。八十歳を過ぎたお年寄りだと思っていると大間違いだ。試合形式の打ち合いでは、ビシッと鋭い軌道で羽根が飛んでくる。仲間も宋さんとほぼ同年代だが、みな一様に上手いのには驚かされた。

とにかく台湾のお年寄りは元気だ。公園では、太極拳をする人、カラオケをする人、みなそれぞれに朝の時間を楽しんでいた。

週末、子どもや孫たちが宋さんの家に集まってきた。この日は十五人。夕食を目指してやってきた。

回転式の丸テーブルには、鍋やら豚足やら青菜炒めやらが湯気を立ててところ狭しと並んでいる。台所では宋さんの奥さんが大忙しで働いている。嫁や孫娘たちが手伝い、ご飯をよそってテーブルに運んだ。一度では座りきれず、二陣に分かれての食事となった。なんともにぎやかな食卓だ。あちこちから話題が提供され、会話と笑い声が途切れることがない。

途中、孫たちがカメラに向かって日本語で「おいしいよ」と笑いかけてきた。台湾はケーブルテレビ普及率が高く、ほとんどの家庭で日本のテレビ番組を見ることができる。バラエティー番組などで発せられる「おいしい」や「かわいい」は、若い人たちにはよく知られた単語だ。ちなみに宋さんの長男は台湾語で「ホウチャ！」、オーストラリアから一時帰国していた三男は「ベリベリグー！」と、

「おいしい」を表現した。

「みんなで食べると余計おいしい」と、宋さんは大家族に囲まれて終始にこやかだ。右隣に座っていた孫が鍋やおかずをよそってあげていた。オーストラリアの孫息子が少しだけ髪を伸ばしているのを指差し、「『そんな髪の毛を長くして』ってぼくは批評するんだね。そうしたら、『おじいちゃん、勝手言いやがって』って言うんだ」と、愚痴りながらもうれしそうだった。

食事を終えて居間に移動しても、にぎやかさは変わらなかった。相好《そうごう》を崩したままの宋さんは、みんなの話をふんふんとうなずいて聞いていたが、「昔のことはなんでも覚えてるんだけどね。いまの話はあといく時間もたたないうちに全部忘れてしまう」と言う。最近物忘れがひどいそうだ。それを自分でもよくわかっている。

孫の彦蓉さんの仕事の話になった。宋さんは前に聞いたはずだが、よく覚えていなかったようで、ホテルの受付で日本語を使っていると聞くと、「これがひとつの幸せです。この子が日本語をこれほど話せるとは思いもよらなかった」と満面の笑みになった。そして、大学で四年間日本語を勉強してきた彦蓉さんに「勉強していても、使うか使わないかが問題だ。使わないものはね、八年間、十年間習ってもなんにもならない」と忠告することも忘れなかった。

それでも「あー、よかった。やっぱり日本語の跡継ぎがあってですね、ほんとにうれしいです。この子が日本語しゃべってくれるんだから。そりゃ、うれしいよ」と、思い切り喜びを表した。

5. 台湾原住民の誇り

タリグ・プジャズヤンさんのこと

塔立國普家儒漾（タリグ・プジャズヤン、中国語名：華愛）

一九二八年（昭和三年）生まれ。台湾[※1]原住民パイワン族[※2]、高士村（クスクス村）出身。原住民の権利確立を目指し、立法委員（国会議員）を十五年間務めた。

末期がんを患っていたタリグさんは、高雄の三男の家を拠点に、南部の故郷と友人たちを訪ねる旅に出た。二〇〇八年（平成二十年）七月、鬼籍に入った。最期の言葉は日本語で、家族はだれも理解できなかった。

写真（右）公学校高学年ごろ

作文に描いた日の丸の旗

原住民の生活は、涙ぐましい生活だったんです。ぼくら学校に入る前は着物もなにもない。イモを食べたり、粟を食べて生活していました。昔の食事の食べ方は、里芋とかを大きい鍋で炊いて、できたらそのまま鍋を下ろして、みんなで囲んで座って食べるんですよ。

イモもなくなっちゃうと米がある。米はあのときは精米所がなかったから、人力で杵《きね》を使って搗《つ》くの。これがひと苦労。米を搗けといわれたら一番怖いんですよ。手に豆ができるからね。痛くてしょうがない。おやじ、お母さんに「おれたちもやってきたんだから、やれ」と言われて、仕方なくやったもんです。

水は谷間から湧き水を汲んでね。割った竹なんかに入れて運ぶんだけど、途中でこけて全部なくなって、また汲みに戻ったりしました。深い谷から汲んでくるのは大変だった。

水を沸かすという観念はなかった。お風呂なんか全然入らない。おやじ、お母さんから体を洗って来いと言われたら、逃げたもんですよ。追っかけられて川に放り込まれたこともある。

稲刈りのときは田んぼから稲を担いで坂道を上ったんですよ。坂が非常に急で滑りやすいの。こけて倒れない者はない。ちょっと雨が降ったらもう歩けない。しかし、重いもの担いで帰るときでも、あのころの若い人は、女の子たちに見せるために、だれが最初に山のてっぺんに着くか競争したものです。米を担いで疲れて、途中で休んで太平洋を眺めとったら、同学（同級生）の女の子のお父さんが来て、「男らしくない」と軽視された。恥ずかしかったね、あのときは。代わって米を担いで部落まで行ってくれた。

当時、パイワン族のよその部落の子どもたちは、クスクス村の寄宿舎に住んで勉強したんですよ。休みでなけりゃ家に帰れない。あのころが一番にぎやかだったね。恒春半島に属する七村のパイワン族の子ども、百何名かが一緒に住んでいる。原住民の生活はご承知の通りで、学校に行く前にイモを炊くのにも相当な時間がかかって、遅刻するんです。よく日本人の先生にしかられた。

あのころ自分たちの悪い習慣なんか、日本人の前で見せないようにしておった。ビンロウ[※3]噛んだり酒を呑んだりすることはね。みんなほとんど酒が好きで、飲酒の習慣も改めることはできない。

日本の警察も、そのうち酒をくらうようになった。原住民の言葉も使えるようになったし、歌も歌えるし。警察はわれわれの行動を監視してるんですよ。だれと付き合ってるか、だれのところに酒があるかわかってるんです。夜、ノックして「開けてくれ、酒をくれ」と言ってやってくる。

日本人の警察は、原住民と同じような生活をして、原住民を嫌わないで、原住民風な身なりをして暮らしていた。そこまでやったんですよ。だから、親しまれたんですね。でも、原住民と警察の関係が良くないところもあった。霧社[※4]がそうだったんですね。

わたし子どものころ、作文を書かされたんですよ。全国的な学校の取り組みで、最前線に送る慰問の手紙をね。どんなこと書いていいかわからん。答案を白紙で置いたまま、考えるちゅうても時間は過ぎていくばっかりで、すぐ先生が「時間だ」と言う。「いまから答案を回収するから」と言われたけど、わたしは名前さえ書いてないの。どうしたらいいかと、困ったな。

あのころは言うこと聞かなかったら大変なんですよ。罰せられるんですよ。厳しかった、先生はね。

ちょうど小刀があったの。小刀でね、ちょっと右手の人差し指を切りつけて、血をちょっと流したんだよ。それでね、わたし日の丸の旗を描いたんですよ。そして日の丸の横に、天皇陛下万歳と、六つの文字を書き入れて、隠しちょったんですよ、出せないから。

最後に恐る恐る出したらね、先生ににらみつけられたの。「これがお前の作文か」ってね。ぼくは返事しなかった。怖くてぶるぶる震えてね。「よし、あと校長先生の前で会おう」と。その作文を先生が校長先生に見せて、校長先生はそれを見て「あ、これはほんとの日本人の精神をしとる」と、ほめられた（笑）。

あのときぼく松田正一。「おい松田、来い」。校長先生は怖いの、虎の校長ってみんな怖がっとったんですよ。まず会ったとき第一に「手を見せてくれ。どこを傷つけたのか」。見せたら校長先生は自分の指でぼくの傷口を押さえて、「これ、注意しなさい。おーい、絆創膏でも貼ってやって」。

あにはからんや温かい気持ちだったのが、あれは初めて厳しい中にもほんとにうれしかったね。怖かったけど逆にほめられてね。それから全校生徒集めて表彰みたいに激励してくれたんです。「ほんとに日本精神の真髄を知るのは松田くんだ」とほめられたの。

校長先生はそのときはもう八十歳で、髪は真っ白。朝礼台のところに呼ばれて、「松田くんは日ごろからよく勉強してるから日本精神をよく理解している」と。ぼくは全然勉強してないんだけど（笑）。そして、恒春の平地の新聞記者二人を呼んでくれて、車なかったから何時間も歩いてクスクスの学校を訪問してくれたんですよ。それでぼくは新聞に載って、みんなこのことを知ったの。こういうできごとはたくさんあるんですよ。

教育勅語は全部覚えとったよ。祝祭日の重要なお祭りのときには起立して、教育勅語を書き写した謄本を鼻より高く掲げて持つんだよ。「教育勅語！」と声がかかったらみな起立するんですよ。今考えると、おもしろいことしてたね。毎朝、国旗掲揚のときは宮城遥拝といって最敬礼するんですよ。習慣で、小さいときから慣れきって当たり前としか思わなかった。天皇は見えないんだから神様としか思っていなかった。天皇陛下と言ったら寝てても立ち上がって不動の姿勢をとるんですよ。国歌を歌うときは、どこにいても向きを変えて国旗の方向に向かってね。いまはそうでもないかもしれないけれど。日本の国旗は大事にしてね、うちに置いてある。懐かしくなるといまでも出すよ。

思い出があるのが、「新高の　山のふもとの　民草の　茂りまさると　聞くぞうれしき」という明治天皇の歌なんだよね。「新高の山のふもとの民草」というのは、台湾中央山脈、新高山の周りに住む住民たち、とくに原住民たち。それが、「茂りまさると聞くぞうれしき」というのは、繁栄していると聞いてうれしいと言ってくれてる。

昔のことを家族に話すことは、あるにはあるけど、十分に語るチャンスがない。

向こうは向こうの仕事がある。昔と違ってファミリーが一緒になることがなかなか難しい。生活の方式が違いますよ。昔は農業生活で、子どもは多いほど、家族は多いほどいい。とくに原住民はひと家族十名ぐらいおるんですよ。

わたしはどこまでも家族を大事にして、そうしてはじめて社会のために働けると思う。自分の立場がしっかりしてなかったら、いくらそういう意思があっても難しい。まず自分の家族がしっかりしてなければいけない。

いまは頭目という人はいないけど、うちは昔の頭目の家だったんです。タリグ家というのはパイワン語で「ぼくらの誉れ」という意味なんだ。

牡丹郷《ぼたんごう》に沖縄、琉球の人のお墓があるの。「大日本琉球藩民五十四名墓」。牡丹社事件※5で殺された人たちを祀《まつ》ってある。あのときのパイワン族の頭目がうちの祖先だった。わたしはそのときから五代目。

大分県にわたしと同じ第五代目、宮古島の琉球藩民の子孫が残っておるんです。お医者さんで、仲宗根玄吉という方ね。何年前だったかな、お詫びに行ったんですよ。歴史の本にはわたしの祖先が琉球の人に悪いことをしたということが書いてある。そういう罪があるかないかわたしにはわからないけど、しかし、礼儀としてはすまなかったと。おれの祖先たちはほんとにまずいことをしたと、ひざまずいたんですよ。ひざまずくというのは、これ最高の礼儀なんですよね。

あにはからんやあの方、一緒にひざまずいてね。ぼくが感動したのはね、「昔のことは歴史として過ぎたことだから、あなたがたに罪はない。そういうことは必要ない」と言われた。感動したんだよ、あの言葉にね。そこまで言ってくれたんだからね。度量が大きいなと思ったね。それから仲良くして手紙とか年賀状やりとりしています。

あのころの祖先たちは、客人を招待するとき、料理の準備で猟に行くために鉄砲や弓矢で武装するでしょ。まるで戦争に行くように見える。向こうは招待などしてくれるはずないと思う。こっちは料理をふるまってお互い楽しもうという習慣なんだけど、お互いに誠意を飲み込めないで誤解して、かわいそうなことをした。

この事件のあと、西郷じゅうどう（従道《つぐみち》）が軍隊を連れてきたでしょ。石門の戦いです。激しかったらしい。

パイワン族に「サイグー」という言葉があるの。西郷従道の名前から来てるんですよ。西郷という人物は聡明で傑物で頭がすばらしく、みんなから尊敬されてるんですよ。あのとき西郷さんが牡丹社事件で活躍して、みんな感心してる。だから「サイグー」というのは非常に傑出した人物であるということで、パイワン族の言葉で「しっかりしている。あっぱれ」という意味になってね。それをそのまま使ってるんですよね。今の若い原住民はどこから来てるか知らん外来語なんです。おもしろいでしょ。

誰もぼくらを見向きもしなかった

八月十五日の天皇陛下のあれがなければね、わたしは戦いましたよ。あのときは日本では戦争はもうやめようというけど、しかし陸軍のほうはがんとしてやると、どこまでもやると、そんな意気込みでね。ぼくらはそれを期待しとったの。

負けることは知らない、勝つことしか知らなかった。ぼくらは神の国の子だから。神の子ども。だから負けることはない。あのときの教育は徹底してましたからね。わたしなんかも戦争に行くつもりだった。十七歳でした。検査を終えて、いつ呼ばれてもいいように準備していた。

戦争が終わって日本人が帰ったときは泣いたね、陰で。あれまで親しかった先生たち、かわいがってくれた先生たち、それから警察なんかに、とにかく原住民は指導してもらったんですよ。

そのうちには厳しい人もおったけどね、言う通りにすれば全然問題ない。自由なんですよ。しかし規定に違反すると大変厳しい。ぼくらみたいな性格は、はっきりしとるのが好きですね。いいはいい、悪いのは悪いと。厳しいは厳しいけど、その中にとにかく原住民を、愛を、真心を込めて教えるんだという思いがあった。

日本は敗戦して台湾を放棄したんだけど、しかしそれだけ長い間付き合って、文化、生活も慣れてくると、深い情が残って忘れられませんよ。いまだれも気づかんけど、台湾の原住民が世の中のことを知るようになったのはやっぱり日本の力なんです。だから恩は恩。

いまの青年たちは、どういうわけでこうなったか、だれのお世話で、どう努力して、どういう関係だったか、ということを自分で歴史を反芻《はんすう》しないといけない。そうしないと、今後どうするかということを考えられない。歴史を知って、自分の立場を知ったら、いかに努力するかという方向がわかりますよね。

いまの政治家もなかなか考える余裕がないだろうと思うんですよ。冷静に考えていかに再出発してやり直すか。いかに団結して自分たちの社会を発展させるか。自覚しないとだめですよ。一番心配なのは、そういう自覚者が少ないことです。

わたしは、終戦まで日本人の統治を受けて、日本人の名前だったの。それを、中国の国民党の政権になって漢民族の名前に変えた。でも、わたしは原住民ですよ。政党に入ってもいいし、宗教に入ってもいい、いくらなにしてもいい。ただ、自分が原住民であることを忘れてはいかん。「本立ちて道生ず」という言葉がありますね。

ただ、戦争で負けるまでは、もう日本人としか思っていなかった。高砂とか蕃《※6ばん》

人《じん》と呼ばれていたんだけど、小さいときから日本の文化の教育を受けて、わたしは祖国は日本だとしか思ってなかった。

ぼくは教育されて物事を知るようになったのは日本人のおかげだと思ったから、日本は自分の祖国だと思っていたけど、故郷に帰ると原住民の言葉を使わなきゃいけなかった。うちでは言葉はお父さんとお母さんにだけは原住民の言葉を使っとったけど、いなくなったら日本語。原住民同士の友達と遊ぶときも日本語。日本人のほうでは絶対方言を使ってはいかん、日本語を使いなさいと言っていました。あのとき皇民化運動といって原住民も日本人と同じような生活をしろと言って、天照大神様をうちに祭ってたんですからね。とにかく高砂は日本人であるということを徹底したとき、皇民化教育は成功したんですね。

終戦後、国民党から宣伝されて、「あ、そうだったのか」と、改めて自分が原住民だと自覚した。

戦争が終わって師範学校に行きました。そりゃ苦労しましたよ。難しかった。中国語は日常の言葉も言えなかったからね。漢文は難しいし、師範学校の同学

(同級生)なんか、みんな日本語を使っとったよ。

わたしは卒業する前に軍に志願して、黄埔《こうほ》軍官学校に行った。そのときは反攻※7大陸しなくちゃならんという政策で、志ある青年は軍隊に行けと盛んに言われていた。

学校におって志願書を出すときに、わたしは考えたんですよ。日本時代、原住民は戦争にタッチもしなかった。最後に召集されて戦争させられた。だから、大陸と戦争しているときは、第一線に立って台湾のためにやろう。なんといってもわたしは原住民のために。それは口に出して言わんけど、原住民のために戦おうと。

きっかけは一九四九年(昭和二十四年)、師範学校におったとき、夏休みに日《にち》月潭《げったん》に行ったんですよ。※8サオ族の部落で、二百名ぐらいしかいない。若い青年はいくらもいなくて、土地もなければ財産もなく非常に惨めな生活なんだよ。それでも、きつい中でも歌を歌ったり、鶏飼ったり米を搗いたり、丸木舟で湖水で魚を獲ったりして暮らしている。国民党が台湾に来て、だれも原住民を見向きもする人がいなくなっていた。つくづく責任を感じたんですよ。原住民を背負って責任持ってやらんといかんという強烈な責任感が湧いてきた。わたしが軍隊に行ったのはそこなんですよ。

黄埔軍官学校は、軍人の最高学府。あの学校を出なければ大臣にもなれないというほどだった。いまはだれも納得しないけど、あのときはそうだった。よし、おれはやろう、負けないぞと言っておったんですよ。

入るときには、資格、思想、政治の背景、いろいろな調査があって、ちょっとでもまずいところがあったら入れないんですよ。幸いわたしは師範学校でクラスの班長などしていたし、成績が良かったから、校長が推薦してくれた。特に原住民はそもそも受験する資格がないんだから、破格でもって合格したと新聞に出ましたよ。

学校行ったら同学（同級生）には中国三十六省の違う種族がいて、あのときは苦しかったね。お互いの理念や観念が違うでしょ。ましてやわたしの教育は日本の教育です。周りはほとんど外省人。だから難しかった。言葉も同じじゃないしね。中国語の「ニイザオ」(おはよう)、「ニイハオ」(こんにちは)、あれさえも言えなかったの。だから苦労したけど、日本の軍隊の生活をそばで見てきたんだから、それがわたしの糧になっていたの。指揮官の命令があったときには、言葉がわからないから、まず同学の行動を見てわたしは行動するんですよ。もちろん遅いけど、時間には間に合います。負けない。

ほかに原住民が一人いました。阿里山、達邦《たっぱん》の人。ツオウ族[※9]です。あの人はもう亡くなった。行きたくなかったんだよ、あの人は。

軍人になったのは台湾のためですけど、なんといっても高砂のためだと思ったよ。日本が負けてすぐ敵国の中華民国の軍隊に入ることは、矛盾しているように見えるかもしれないけど、ぼくの中ではまったくそれはなかった。高砂族のためには、なんといっても高砂族のトップになってやろうと、そう決心したんです。

あの精神はやっぱり日本人から教えられたんです。軍隊は武士道の精神で、大和魂を発揮して国家のために尽くすことが最高の栄誉であると教わった。とくに高砂義勇隊なんか戦争中、倒れてもね、天皇陛下万歳を三唱したんだよ。あの精神がまだ残ってる。

(涙ぐんで言葉が続かない)

すまん、昔のことを思って。しょうないなあ。

あのときはそうだったよ。どうせ戦争するなら、人の後をついて行かんでわたしが先行こうと決心した。ぼくたちは二つの国と文化をまたがった。考え方も急に変わるのは、そりゃ難しいですよ。いままで日本人、自分のほんとの祖国、祖先は日本人だと得意に思っとったよ。中国の国民党の軍隊が台湾に来て、すぐ名前も変えられた。でも、心は変えるの難しいですよ。わたしの精神、教育は日本だから。

岡村大将ご存知ですか？　岡村寧次《やすじ》という大将がいたでしょう。白団《パイだん》わかりますか？　あれはね、中国国民党と共産党が大陸で戦争して、蔣介石が負けて台湾に撤退するときに、もし共産党が追撃していたら国民党はやられていたんですよ。危機感を感じて、南京に捕虜として軟禁されとった岡村大将に蔣介石が手紙を出して、「なんとかできないか」と頼んだ。岡村大将は、「戦争は国と国のこと。君とぼくは友達。おれに任せろ」と言って、自分の部下を志願させたんですよ。

富田直亮という人をトップに置いて、八十三名の日本兵が、国民党を援助すると言って台湾に来た。あのときは米国の訪問団が台湾にたくさんいてね、知られたら大変だっていうんで、変装してきた。名前をみな中国人に変えて、富田さんが白《パイ》と名乗ったから白団と言うんです。

いまの天母《てんも》というところに地下軍事教育所を作って、全国の将校を集めて秘密に教育したんですよ。わたしはちょうど軍官学校におった。それで富田さんに野戦教育を受けた。

日本語で教育して、ぼくなんかが通訳するんですよ。近寄る勇気はなかった。あの人は馬に乗っとった。ぱーっとね。自分で匍匐《ほふく》前進とかやるんですよ。ええ加減にやらんのですよ。まじめで徹底的にやらせるんですよ。

これは軍官学校入学早々の写真。この同期の人は中将、将軍に昇級した。でも、この原住民（自分を指差す）だけは大佐までしかなれなかった。原住民だからです。

一人だけの国会議員

わたしはずっと腹の中に抱えてるんですよ。誰が総統になっても、原住民になんの関係があるか、と。たとえ国会議員の選挙しても、高砂のことを考えた政策は争点にならない。高砂の権益を考えたり、いかに実質的な改善、発展、向上を図るかという考えは政治家にないです。

一般的に台湾におる台湾人と自分で呼ぶ人たちは、昔からの習性で、原住民は蕃人だと思っている。昔の〝化外《けがい》の民〟というイメージが残ってるんですよね。いまでもやっぱり、高砂は心の中で蕃人だと、口で言わんでもわかるんです。見下げておるか見下げてないかわかるんです。

軍隊辞めて政治の道を歩いて、原住民で一人だけの国会議員やっとったんだけど、使命感、責任感ちゅうんですかな。生活はいっぱいいっぱいだったけど、それを克服してきました。

あのときはほかに原住民を思う人がいないの。一番嘆かわしいのは原住民が苦しんどっても中央の政府はわからない、わかっておってもどうこうする方法がない。政策的に表面上は高砂を同胞とした。ところが、実際の原住民の文化の特質を知らないから、表面上はいいこと言うけどできない。丸い甕《かめ》に四角いふたをしても、ふたをしきれないでしょう？　台湾原住民に対する政策はそういう状態。だからわたしは、原住民のために一票くださいとお願いして頭を下げてね、国会議員になった。そして必ず要求を通すと言ったんだけど、できなかった。だから辞めてバトンを若い青年に渡したの。

でも、いまの政治家は、いったん当選したら思いやりというのがない。「原住民のため」というのは口だけですよ。ぼくは昔から原住民のためということを腹の中に置いていた。

将来はどうなるかわからん。ぼくはなんとも言えない。「原住民のために」という度量というのかなあ、それまでの意識が足りないのかな。団結しなきゃだめですよ。日本みたいにね。

日本人は、団結するといったら団結する民族性。日本の民族性には関心を持っていますよ。わたしにもたらした思い出でも、やっぱり日本の精神はえらい。どこにいても自分の国を忘れない、自分の国を愛している。

どうして日本人はそんなに団結するか。国家人民、民族のためにやるという腹が強い。自分ひとりのことばかり考えたらだめですよ。日本人は、自分が日本人であることを忘れないで、お互い相談して政党や個人のためではなく、国家のためにやる。

いやあ、ぼくの言ったこと知れきったことだけど。ごめんなさい。これだけは日本の友達に知らせたいんだよ。わたしの気持ちとしては、日本との文化のつながりを切ったらいけない、文化を切らないで絆を強くしていきたい、これがわたしの日本に対する希望なんです。しっかりがんばってくださいよね。どこまでも国と国の絆を切らない、というのはやってください。

第四代台湾総督、児玉源太郎の民政長官をやっておった後藤新平に感心したのは、日本の台湾に対する政策は、台湾の伝統的風俗習慣に障害をもたらさない程度にやる、つまり、台湾の伝統的文化を維持していきながら政策をとるというのがあの人の主張なんですよ。原住民の文化はそのまま維持していく。しかし、教育は教育としてやる。それがいいじゃないか、と。

原住民にふさわしい、原住民の主張に沿って原住民の実質的な生活環境を解決するいい方法だと思いますよ。

中華民国は形式的にはよくできてる。しかし、同胞だからと言っても、なにも解決してないでしょ。昔、原住民の部落に行くときは、入山許可証が必要だった。平地で仕事をしている原住民が自分の村に帰るときに検査されるんですよ。大陸から来た人が警察になって、原住民を取り締まるとはもってのほかだってわたしは文句言ったんですよ。しかし、これは命令だから仕方ないと言う。そこで、上に建議して、いまは自由に出入りできるようになった。

そういうこともあって、もし人間を比較するなら、大陸はちょっと難しい。日本の政治に帰りたい。信頼感がある。日本人と非常に付き合いたいの。もちろん、中国大陸も国が発展しているけど、人間と人間の関係ですからね。心と心のつながりはやっぱり日本じゃないかと思いますよね。

わたしは日本人に対して自分の家族、兄弟みたいに思って、日本人を見たら楽しかった。ところがいまの日本人は冷たいような気がする。いまはまだ先輩たちがおられるからいいんだけど、いなくなったら最後。

ぼくら誰の立場に立って自分の気持ちを表現するか、言いにくいんですよ。国民党にしろ、民進党にしろ、大陸にしろ、米国にしろ、原住民はその中に挟まれて、ぼくたちはどっちを主張したらいいのかと、立場を気にするんです。お母さん、お父さんみたいに思っておった日本人が変わってしまった。これが嘆かわしい。


この写真はわたしのおやじ。わたしの家でわたしの結婚のお祝いをしたときの写真です。

飲ん兵衛のおやじがこのときは喜んでね。わたしは村で初めて平地の人をもらったんですからみんな珍しがってね。そのころは、原住民に対する悪いイメージが残ってたけど、それでも結婚したんだから、みんなが女房を大切にしてくれた。結婚するまでは苦労しました。最初、先方はわたしが原住民ということを知らなかったの。わたしは軍隊におったんで、制服を着て遊びに行ってたから、原住民とは知らなかったの。みんな、わたしを気に入ってくれたんだけど、いざ結婚問題を相談すると、妻の家は反対なんですよ。だめだ、一等民族が原住民族と結婚するなんて、いけないと。昔から禁止されておったから反対なんですよ。

時間が経ってやっと話がまとまったんですよね。いま考えたらおもしろくてしょうがない。いまはみんな笑い話にしていますが、家内は最後にこんなこと言ったんです。「結婚するのはわたしです。お母さんでもなければ別の人でもない。この人はわたしが選んだ人。将来、結婚して成功するしないは、わたしの運命だ」。彼女の親は「それじゃ、お前責任持つか」とわたしに迫った。「心配しないで。一切責任持つ」とお願いして、無理無理許してもらったわけよ。

結婚は苦労したよ。昔から区別があったんですから。

心はいつも故郷におります

こっちの写真、一緒に写ってるのは岸（信介）首相。岸さんは、年取ってからの老人生活の三大原則を教えてくれた。第一原則はこけたらいかん、と。わたしはこけて骨折ってね。あの言葉ありがたいと思ったよ。第二に感冒したらいかん。第三原則は寂しがったらいかんと。

わたしは寂しいよ。日本と同じ教育、生活環境にいたのに、破壊してしまったからね。岸さんと知り合ったのいつだったか。台北のグランドホテルにお泊まりになったとき、朝飯に来ないかって呼ばれた。そのとき、補償問題をあの人に頼んだんですよ。「なんとかしてくれんか」と。すると岸さん、「やりますよ、あたりまえだ。国会を納得させる」と言われて、楽しみにしとったよ。でも、結局、日本政府はあやふや。

アミ族[※10]の人、中村[※11]（輝夫）が戦後三十年経ってから帰ってきたんだ。三十年間だよ。ぼくはちょうど国会議員をしているときで、部落まで慰めに行った。ありゃ、みじめだったよ。もう、だれも相手にしてくれないんだ。

ぼくは「この人は日本兵として戦ったけど、やっぱり国家のために働いたのだから、どの国であっても区別しないで優遇してくれ」と話したら、国民党のほうでは「いや、ぼくら相当犠牲出した。あんたら逆賊だ」と言われた。

戦後、日本人が戦争に負けた後も、三十年間も最後まで日本のために戦った原住民がいたことを忘れないでくれんか。ぼくの親戚でも十八年間帰らなかったのがいる。かわいそうだったんだよ。政府はね、冷たい目で。だれも同情してくれないの。しかし、この原住民たちはほんとにたくましいことに、貧しい生活、非常に圧迫されても、昔から台湾を自分の国として守ってきたんだよ。この原住民がいなかったら、台湾はないんですよ。だから、本当のことを言うと、台湾の主人は高砂族の原住民たちですよ。

もちろん日本もひどい目に遭ったけど、日本人は自分で焦ったことだからやむを得ないですよね。わたしの先輩たちは、義勇隊とか志願兵として日本人のために命を投げ捨てて、忘れられた。みんな犬死だ。戦後は逆に国賊だと言われた。ぼくらはなにも戦争に参加する必要もなければ、やってきたことにもなんの価値もなかった。日本の負け戦《いくさ》に志願兵とかいろんな名目で戦場に送られた。原住民は、義勇隊として最後まで日本のために戦った。国のためだからなんとも言えない。あのときおれなんか自分を日本人としか思ってなかったよ。ぼくら、だまされとったんだよ、悪く言うと。

台湾の最後の総督、安藤利吉がこんなこと言ったそうだよ。この人は、日本人の引き揚げが終わったあと、捕まえられて上海の留置場におった。森田俊介という部下が面会に行って、「なにか言うことがありますか」と聞いたときに、「日本人が無事に日本に帰ったんだから、ぼくはもう言うことはない。ただ、(絶句)ただ、心に置いているのは高砂原住民の若い青年たちが日本のために戦って犠牲になったこと。日本の政府に願うことは、なんとかして補償してあげてほしい」と。

こういうことはわたしにとって忘れられない。ありがたいの。そういう人がおるんですよ。わたしは感心したの。この人はあとで自分で薬飲んで自殺したんですよ。

二〇〇五年（平成十七年）にがんが見つかってね。医者をやっとる息子のところで検査した。果たして状況はどうか、ひょっとしたら検査をもう一回やり直すという状態らしい。

お医者さんという仕事も難しいところあるよね。患者の病気を上手に、立派に治さんといかんでしょ。真心込めていかに責任持って治すか。そうでないと、一般の人からは親しまれない。

みんなわたしの息子がいい医者だと言って来るんですけど、しかし、わたしからするとまだ足らん。子どもは子ども。親はどこまでも子どもに対しては、満足しても満足と言わない。えらいと言わない、だめ、がんばれと言う。これが親のまずいところかもしらんけどね。子どもがしっかりして嫁さんも陰の力になってくれて頑張って、ここに来たらにぎやかでね。孫は八人。子どもが四人でそれぞれに二人ずつだからね。おかげさまでね。

一番心配なのは、台湾の原住民は果たして繁栄するか、それとも滅亡するか。少数民族は消滅してしまうというのは歴史が証明しています。ただし、原住民族が繁栄するか、早めに消滅するかは、原住民族の自覚性。自分の歴史を知って、いまの環境を知るということ。未来はいかに発展するかということを考えんとだめです。

この前、何年かぶりにクスクスに帰った。ほんとに懐かしかった。自分の生まれ故郷だから。どこに行っても自分の故郷は忘れられないよね。

わたしは台北《たいほく》で八十歳まで生きてきたんだけど、心はいつもクスクス。人間は台北におるんだけど、心はいつもあそこにおりますよ。

（※1）台湾原住民　十七世紀以降台湾に入ってきた漢民族よりも前から居住している民族。二〇一七年九月現在、台湾政府認定の十六部族約五十四万人がおり、台湾の全人口の約二・三パーセントを占める。戦後、「山地同胞」と呼ばれたが、台湾の民主化が進む中で「もともと住んでいる人」という意味の「原住民」という呼称を主張した。一九九四年（平成六年）八月一日、憲法の追加修正条文が修正され、「原住民」が正式名称となり、毎年八月一日を「原住民族の日」とした。

（※2）パイワン族　人口約九万九千人。南部の中央山脈や恒春半島、東南沿海地域に暮らす。祖霊が五年ごとに子孫に会いに来ると信じられており、祖先の魂を迎える「五年祭」が重要な行事とされている。

（※3）ビンロウ　檳榔と書く。ヤシ科の植物で、この種子が東南アジアで嗜好品として嚙まれる。種子と石灰をキンマというコショウ科の植物の葉でくるんで嚙み、つばを吐き出す。このつばが真っ赤で、台湾ではいたるところで赤いしみや嚙んだカスを見かける。依存性があるほか、発がん性も指摘されている。

（※4）霧社　現在の南投縣仁愛郷、日本統治時代の台中州能高郡霧社。台湾中部の山間部に位置する。一九三〇年（昭和五年）、台湾原住民セデック族約三百人が霧社公学校の運動会を襲撃し、日本人百三十四人を殺害した「霧社事件」が起こった。日常的な差別や現地の警察官による強制労働などへの不満が原因とされる。日本はこれを武力制圧し、蜂起した六社(部落)の人口は約千二百人から約五百人にまで減った。事件の翌年、日本側の教唆《きょうさ》により、蜂起しなかった原住民が蜂起した原住民を襲う「第二霧社事件」が起こり、生き残った約三百人は強制移住させられた。その中から後年、「高砂義勇隊」として太平洋戦争に出征した者もいた。

(※5)牡丹社事件　一八七一年(明治四年)、宮古島の年貢運搬船が台風で台湾南部に漂着。上陸した琉球藩民六十六人のうち五十四人が牡丹社のパイワン族に殺害された。日本はこの事件を受け七四年(同七年)、西郷従道率いる軍隊を台湾に派遣(台湾出兵)した。

(※6)蕃人　未開の地の人。日本統治時代初期、台湾原住民を「蕃人」と呼んだ。一九三五年(昭和十年)から高砂族と呼ばれるようになった。

(※7)反攻大陸　中国共産党に敗れ台湾に退却した中国国民党の蔣介石は「反攻大陸」をスローガンに掲げ、中国大陸への反攻を期していた。

(※8)サオ族　人口約八百人。日月潭中央のラル島から湖畔に移った。土を盛った竹の筏《いかだ》を湖面に浮かべて作物を栽培する独特の浮島農業を行う。

（※9）ツオウ族　人口約六千六百人。玉山を発祥地とし、方言と風習の違いにより北ツオウと南ツオウに分けられる。達邦社は「阿里山ツオウ」と称される北ツオウに属する。

（※10）アミ族　人口約二十万七千人で台湾原住民族の中で最も多い。大部分は東部の山脈沿いの谷や海岸地域に暮らしている。毎年夏に行われる「イリシン」という豊年祭は重要な祭典で、歌と踊りが有名。母系社会の特徴を持つ。

（※11）中村輝夫　台湾出身の元日本兵。中国語名、李光輝。民族名、スニヨン。一九七四年（昭和四十九年）十二月、インドネシアのモロタイ島で発見され、翌年故郷の台湾に帰国した。七二年（同四十七年）に台湾と国交が断絶していたこともあり、戦後三十年経って戻った元日本兵に対する日本政府の対応は冷たいものだった。七九年（同五十四年）、肺がんで死去。

6. 茶畑に囲まれて

楊足妹さんのこと

楊足妹（ヤン ツィーメイ）

一九二八年（昭和三年）生まれ。幼い弟のお守りをするため公学校を一年でやめ、日本人が経営するコーヒー農場で働いた。片言の日本語は、仕事場で覚えた。子どものときから仕事一筋で、戦後は茶摘みの日々を送ってきた。

写真（右）瑞穂郷での茶摘み作業

コーヒー農場の写真

二〇〇七年（平成十九年）十一月、花蓮《かれん》の歌唱会の会長を務める楊淑娥《ようしゆくが》さんが、花蓮縣南部を車で案内してくれた。運転してくれたのは、楊さんの娘さん。

花蓮市内から国道9号を南下していく。台湾の東海岸中部を南北に走る海岸山脈と中央山脈の間をほぼ一直線に台東まで続くこの道は、沿道に稲田、畑、ビンロウ林と途切れることなく緑が続く。十一月とはいえ、台湾の太陽はまだ力強さを失っていない。明るい陽射しと青空に浮かぶ白い雲が、緑をよりいっそう濃く印象付けた。

川を何本か渡り、車を走らせること一時間と少し、北回帰線をまたいで位置する瑞穂郷に入った。東西を山脈に挟まれたこの村は、標高一七五～六〇〇メートルで、国道沿いになだらかな丘がいくつも連なっている。この一帯には、かつて日本人が経営する大規模なコーヒー農場があったという。

道路の両脇に茶畑が広がってきた。この茶畑が戦前はコーヒー畑だった。一服しようと道路脇の小さなコーヒー店「金鶴珈琲」に立ち寄った。車を降りると、花蓮を出たときよりも空気がひんやりしている。高い空に向かって思い切り深呼吸した。

中年の李昭義《りよしあき》さん夫妻が切り盛りするその店には、四人掛けのテーブル席が三つほどしつらえてあった。入口のそばのカウンターで、李さんがサイフォンでコーヒーを淹れると、狭い店内にコーヒーの香りが広がった。何も入れずにそのまま飲んだコーヒーは、優しい味がした。

ここでは、コーヒー豆の販売もしていた。日本統治時代のコーヒーの木が店のそばにまだ少し残っており、いまでも収穫できるという。その豆を自家焙煎《ばいせん》して売っているとのことだった。

店を出てみると、二・五メートルほどのコーヒーの木が、かなりの本数植わっており、ちらほらと小さな赤い実をつけていた。近くには、数年前に地元の農家が開いたコーヒー畑もあり、小規模ながらコーヒー作りは続けられている。台湾といえばお茶だが、実はコーヒーもとてもおいしい。

李さん夫妻との間に楊さんに入ってもらい、世間話をしていると、かつてのコーヒー畑は「住田珈琲農場」といったそうで、当時の写真のコピーがあるという。きちんとパウチして店の隅に飾ってあったのを、李さんが持ってきて見せてくれた。

セピア色にややオレンジがかったようなそれは、昔の絵葉書だろうか。コーヒーと思われる木々が茂った畑の写真の端に「住田珈琲農場」とはっきり印刷してあった。写真下にある説明書きには「舞鶴台地」「一九三三年（昭和八年）から開墾」の文字が見える。このあたりは日本統治時代の地名を踏襲し、現在は舞鶴村となっている。

一九三〇年（昭和五年）十二月の時事新報の記事によると、

「大阪市北区老松町住田物産株式会社の手で台湾に年二千万円の珈琲を栽培することになり同社の社長住田多次郎氏は専門技師職員以下十六名を従え大阪出帆の

瑞穂丸に乗船十一日門司へ入港、同夜基隆に向った住田氏は語る　珈琲を栽培するため今度台湾総督府から花蓮港郊外に一千五百町歩の沃野を借受けた、この珈琲を台湾で栽培することは永年の間専門家に依って種種研究された」

日本統治時代後期においては、花蓮縣のほか、現在の雲林や南投、嘉義などでも実験農場が開かれ、コーヒーが栽培されていたという。

当時、コーヒーは貴重品だった。台湾で生産されたコーヒーのほとんどが日本に送られた。

話を続けていると、住田珈琲農場で働いていたおばあさんが近所にいるという。「ぜひ会いたい」と伝えたら、李さんがすぐに軽トラックを出してきて、先導してくれるという。言葉に甘えてついて行った。

コーヒー店から北に少し戻り、国道から細いわき道に入っていくと、そこから先にも茶畑が続いていた。その間を縫ってしばらく走ると、小さな製茶工場があり、その先に目指す家があった。

小高い山を背にした家のそばの畑から、白いタオルで頬かむりをし、水色の長靴を履いた小柄な女性が近づいてきた。こんがり日焼けした肌がぴかぴか光っている。楊さんが「りっぷんらん（日本人）」と台湾語で紹介してくれたので、日本語で「はじめまして」と挨拶すると、笑顔で応じてくれた。

李さんがコーヒー農場のことで訪ねた旨説明すると、「工場あるよ」と日本語が返ってきた。かつてコーヒー農場のそばには精製工場もあったという。

「今もうないよ。戦争終わって、食べるものがなくて。コーヒー食べたら苦い。全部切ってしまって作物植えてるよ。米もない。着物破れてるの着るよ。お母さん縫うよ。一生懸命働く。農家の人は働かないとご飯ないよ」

と、笑った。

遅ればせながら「お名前は？」と聞くと、「ヤン・ツィーメイ」と返ってきた。日本語世代に名前を尋ねると、たいてい漢字の日本語読みで教えてくれるが、ヤンおばさんは中国語読みだった。日本人と話すのは「何十年ない」ことで、ヤンおばさんの記憶では、戦後日本人が引き揚げたあとは、ほとんど日本語を話す機会はなかったという。それにしても、ひと言ずつ思い出しながら話すわりには、台湾語を話すときと同様に、よく響く声でとても早口でしゃべった。

後日わかったことだが、ヤンおばさんは客家人で、客家語と台湾語を相手によって使い分けていた。一人暮らしのヤンおばさんの「友達はテレビ」で、客家TVという客家語の専門チャンネルがお気に入りだ。ヤンおばさんが話す東部山間部の客家語は、台湾の客家語の中では最も聞き取りづらい部類なのだそうで、映画の翻訳者を手こずらせた。

自宅の畑で採れる野菜は、宅配便で都会の子どもたちに送ったり、自分のおかずにするという。

「ぼつぼつでいいよ」

十畳分ぐらいの広さをマイペースで耕している。

わたしは「また来ます」と言って、別れの挨拶をした。ヤンおばさんは「再見、さよなら」と言って畑に戻り、鍬《くわ》を振るい始めた。

ヤンおばさんと別れてから、じわじわとうれしさがこみ上げてきた。陽に焼けた笑顔、大きな声、大らかな物腰。台湾の大地のような存在に出会えた。

茶摘みについていく

ヤンおばさんは、日本語は上手くない。なぜなら日本語教育を受けていないからだ。「学校へ入ったよ一年。『あんた学校へ入ってはいけない』、この弟守りなさい」。公学校に一年間通ったが、父親から幼い弟の面倒を見るように言われ、退学した。しかし、その弟は三歳で亡くなり、再び父親から学校に行くよう勧められたが、「いらん。わたしいらん。学校行ってなにするか。言葉もわからない」と断った。

当時は、彼女のように家庭の事情で学校に行けない人がたくさんいた。日本語世代といわれるこの世代には、日本語が話せない人も多い。ヤンおばさんが七歳だった一九三五年（昭和十年）の台湾人児童の就学率は約四〇パーセント。日本敗戦直前の一九四四年（昭和十九年）で約七〇パーセントだった。これに対し、台湾の日本人児童の就学率はいずれも九〇パーセントを超えていた。

ヤンおばさんは、十五歳のときというから、一九四三年（昭和十八年）からコーヒー農場で働き始めた。そこの日本人従業員とのやりとりの中で日本語を覚えた。

「井上さん、親切ねとても。中西さん、あと日本人たくさん」

一緒に仕事をするというよりは、ヤンさんたちが働いている現場に日本人が見回りに来る、というかたちだったそうだ。

「あれしなさい、教えるよ。仕事はきつくないよ。時間通り。六時に畑行って、四時半、もう帰る」

昼休みは「半時間」、暑い季節になると一時間だったという。休日は「一ヶ月二回、半ヶ月一日。一ヶ月二回給料。一時間歩いて瑞穂の町に行く。あのとき自転車なかったから。米、塩、油いろんなもの、家庭で使うもの買う。野菜は自分で植えた」。町に出て買い物をしても、ヤンおばさんは自分のものを買う余裕はなく、うちに必要なものだけを買ったという。

戦後、「こちらの人商売わからない。実を残して何する。コーヒーは腹いっぱいにならない。だから根元掘って畑に作って、イモや作物植えて、それで腹いっぱいになっていい」ということで、コーヒー畑はほとんど姿を消した。ヤンおばさんの自宅周辺もコーヒーの木がお茶やビンロウに代わった。

ヤンおばさんは近所の製茶会社と契約して茶摘みをしている。「友たくさん、一日八百円（元）。うれしいね」

仕事があるときには事前に連絡が入る。当日は朝六時ごろ起きてひとりで簡単な食事を済ませ、七時過ぎに家を出て製茶工場まで三分ほど歩く。そこから車に乗って茶畑まで移動する。

十二月のある日、ヤンおばさんが茶摘みに行くのについて行った。このあたりの十二月の最低気温は十七度前後だと聞いていたが、前の晩からぐっと冷え込み、この日はダウンジャケットが重宝した。

朝もやの中、緑に囲まれた道を畑に向かう。一番乗りした畑一帯は白いもやに包まれて静まりかえり、遠くでさえずる鳥の鳴き声だけが響いている。ヤンおばさんによると、このあたりは年中もやが発生するそうで、この湿気が茶葉には大切なのだという。

日本の茶畑はお茶の木が整然と並んでいる印象があるが、ここは違った。列は波うち、枝は好き勝手に伸びている。この大らかさが台湾茶のおいしさを醸《かも》し出すのかもしれない。黄緑色の新しい茶葉が朝露を載せてきらきら光っていた。

しばらくするとバイクに二人乗りで仲間がやってきた。そのうちの一人はヤンおばさんより少し若いが日本語教育を受けたといい、片言の日本語ができた。彼女はカメラマンを「青年」、わたしを「お嬢さん」と呼んだ。

そのあと続々と仲間が現れ、静かだった畑のあぜ道に、元気な話し声が広がっていった。

作業開始の午前八時。ヤンおばさんはわたしたちと話していた勢いで、思わず日本語で「始まるよ、もう八時よ」と、世間話に夢中になっている仲間たちに声をかけた。ヤンおばさんに促され、二十人ほどがいっせいに茶畑に乗り込む。そこから約二時間半、みんなおしゃべりをしながら畑の端から端まで移動して茶葉を摘みとっていった。ヤンおばさんは仲間の中で最高齢、しかもとても小柄だが、木々の間を縫って動き回る姿は、ほかの人たちに見劣りしなかった。

ヤンおばさんは摘む指先が痛くならないようにと、「刀」と呼ぶ手製のカッターを両手の人差し指にはめて茶摘みをする。以前、知人のオートバイのうしろに乗っていて転倒し、右肩の骨を折ったせいで、右手がへそのあたりまでしか上がらない。茶葉を摘むときは左手が利き手だ。手元にカメラを向けると、「わたし遅い、ほかの者写せ」と恥ずかしがった。

茶摘みの人たちは、一人ひとつずつ茶葉を入れる黄色い大きな袋を背負っている。手際良く茶葉を摘んでいき、手元に葉がたまると、後ろ手に袋に投げ入れる。一斗缶ふたつ分ぐらいの容量の袋がみるみるうちに埋まっていった。

体が丈夫。喜んでる心

雲の合間から茶畑に薄日が差してきた。ピンクや水色の作業笠、みな思い思いに着ている赤や青、紫色の作業着、背中の黄色い茶葉袋が、緑色の舞台にくっきりと映えている。葉を摘む音、にぎやかな笑い声、アミ族のおばさんが口ずさむ労働歌、それらすべてが心地よく響いてきた。

朝の仕事が終わると、全員で別の畑に移動し、そこで休憩しながら弁当を食べた。この日のヤンおばさんの昼食は、近所の店で買ってきた焼きそばだった。正午過ぎには午後の仕事が始まり、午前中と同じ作業を繰り返した。一日の仕事を終え、自宅に戻ると午後三時を少し過ぎていた。

「働かないのいけない。働かなかったらすぐ病気入ってくるよ。毎日仕事、運動ある、痛みがない。いままで休んだことない。休むのことはわからない」

ヤンおばさんは、十五歳のときから休まず働いてきた。日本統治時代はコーヒー農場で、戦後は茶畑でふるさとの土地に向き合ってきた。

「なにもわからない。仕事だけわかるよ。働く気持ちは同じ、間違いない。小さいときから年取っても同じ。怠けない。わたしの心の考えはこんなのよ」

茶畑での仕事がない日は、自分のうちの畑を耕す。

「人の仕事はまじめにやる、自分の仕事はぼつぼつでいい」

ヤンおばさんに家族の話を聞いていたとき、「正直言うよ」と言って話してくれたことがある。

彼女は台湾人の男性と結婚し一児をもうけたが、その男性がヤンおばさんの両親と折り合わず出ていってしまった。その後、おじの勧めで、戦後中国大陸からやってきた中国人と結婚した。「大陸の人、言葉もわからない。怖いと思った」が、「ほんとに優しい人」だったそうで、四人の男の子を産んだ。夫は「(民国)七十二年のときかえった」(一九八三年に亡くなった)。ヤンおばさんは二度結婚したことを「恥ずかしいこと」と言う。

ヤンおばさんは子どもたちが独立したあと二十年近くずっとこの村で一人暮らしをしている。その家に、旧正月になると子どもや孫たちが帰ってくる。

元日の朝、ヤンおばさん宅を訪ねると、総勢十人になっていた。深い霧が立ち込める曇天の下、全員で家のそばの小さな廟に参る。愛犬のクロもこの日は少しの間だけ鎖をほどかれ、ヤンおばさんのうちと廟の間をチョロチョロしていた。

家族並んで長い線香を捧げていると、近所の人が通りかかり、「新年快楽《しんねんくわいらあ》」の挨拶を交わした。

自宅に戻って卓を囲む。ヤンおばさんはよく話し、よく笑った。台湾の人たちにとっては、大晦日の夜に家族で過ごすことが一番大切だという。元日の昼過ぎには、子どもたちが帰り始めた。

「子どもが帰ってきたらにぎやか。もし帰ったらひとりだけ、さびしいよ。以前はあの子たち帰ったらね、さびしいよ。涙出るね。あれ帰ったら涙出る。いまはしない」

孫に土産を持たせて送り出す。ヤンおばさんは、自分の子どもたちには客家語、孫たちには北京語で話していた。客家語、台湾語、北京語、日本語という四つの言葉を操る。ヤンおばさんが歩んできた道のりが、彼女をそうさせた。

子どもたちは北部の台北や桃園に住んでいる。口々に同居を勧めるそうだ。しかし、ヤンおばさんは、

「行かないよ。もう慣れてるよ。もう十何年住んでる、慣れてるよ。大体ね、こ

っちにおったらあちこち歩いて行ける、仕事もある。あっち行ったらずっと家の中に座って体痛いよ。かまいません。わたしの体は自分で守る。なにかあったら電話かける」

と言っていっこうに相手にしない。

「友ほしいから働いて茶摘みする。いまは子どもたち、『もう休みなさい』と言ってる。休んだら苦しいよ。休んでいけない。毎日出かけたら、体が丈夫。喜んでる心。なにも考えない」

7. 出会いを重ねて

二〇〇二年（平成十四年）六月から〇八年（同二十年）二月にかけて、何度も台湾を訪ねては、たくさんの日本語世代に話を聞いた。その出会いのいくつかを紹介したい。

写真　現在の神奈川県大和市にあった
高座海軍工廠の宿舎の大浴場

花蓮にて

　茶摘みのヤンおばさんのところに導いてくれた歌唱会の楊淑娥《ようしゅくが》さん。彼女が住む花蓮市は、東部最大の都市だ。日本統治時代は花蓮港と呼ばれ、周辺の村々には、日本からの農業開拓移民が数多く入った。現在は台湾の一大観光名所である太魯閣《タロコ》渓谷への拠点として、海外からの観光客にとっては馴染み深い街となっている。

　二〇〇二年（平成十四年）、初めて花蓮に降り立ったときは、すでに夕暮れが迫っていた。駅前の食堂でおなかを満たし、試しに「日本語ができる人はいませんか？」と聞くと、近くの商店から年配のおじさんを連れてきてくれた。

　一九三四年（昭和九年）生まれの秦清標《しんせいひょう》さん。十一歳のときに戦争が終わり、日本語で行われていた授業は突然、北京語に変わった。しかし、高校時代にアミ族の友人から日本語を教わったといい、流暢な日本語を話した。日本語世代の話を聞きたいと伝えると、「早起きして美崙山《べいろんざん》に行ってごらん」と教えてくれた。美崙山は花蓮市を見渡せる丘で、日本統治時代は花蓮港神社があったが、戦後は忠烈祠《ちゆうれつし》※1となっているという。

翌朝五時半。美崙山に着くと、すでに忠烈祠の門の周りは採れたての野菜や焼きたてのパンやお菓子、洋服を売る人たちと、運動を兼ねて買い出しにやってきたお年寄りたちでにぎわっていた。まるで小さな朝市のよう。

門の正面には朱色の屋根と柱が鮮やかな忠烈祠の建物があり、その右手にバレーボールコート五面分ぐらいの広場がある。門に近い場所にはバドミントンのネットが張ってあり、そこで汗を流す人たちがいて、奥のほうには、ゆったりとした音楽に乗って太極拳をする人たちもいる。

六時半、「ピーッ」という大きな笛の音が広場に響き渡った。続いてその片隅に置いてあるスピーカーから聞き慣れたメロディーと日本語が流れてきた。

「……のびのびと背伸びの運動！」。日本のラジオ体操だ。ピアノの伴奏は導入部分だけで、あとは、「いっち、にっ、さんっ、しっ」というシンプルな掛け声に合わせ、いつのまにやら集まってきた四、五十人のお年寄りが広場の真ん中で体を動かしている。花蓮で迎えた最初の朝、わたしは思いがけず十数年ぶりにラジオ体操をした。振り上げた手の先には、よく晴れた空に小さな雲がぽっかり浮かんでいた。

体操が終わると、みんなが広場の横の建物に移動し始めた。かつての神社の社務所だったのか、瓦屋根が目を引いた。細長い長方形の室内にはテーブルとイスがところ狭しと並んでおり、集まってきた人たちが次々に席を埋めていく。七時、カラオケが始まった。

お年寄りが集まって早朝カラオケをする光景は、台湾ではさほど珍しくはない。しかし、ここ美崙山は規模が違う。一九九一年（平成三年）に発足した「美崙山歌唱会」は会員が三百人を超え、毎朝七、八十人が参加する。この会の会長が楊さんだった。

集まった顔ぶれを見ると、平均年齢はどうみても七十歳を超えている。発会当初は毎日、日本語の歌を歌っていたが、現在は月、火曜は日本語、水曜は台湾語、木曜は広東語や北京語の歌を練習するという。

かなり本格的なカラオケセットがあり、モニターは全部で三台置かれている。練習といっても特に指導が入るわけではなく、みな思い思いにマイクを握り、聞いている人たちも一緒に口ずさんでいる。

集団カラオケの奇妙な感じと、そこに集まる人たちに興味をそそられ、その後、何度も訪れた。わたしが行くと、その日が日本語の日でなくとも、いつもみんな日本語の歌をリクエストした。「大阪夜曲」「十九の浮草」「ふたり舟」「浪花灯り」「長崎は今日も雨だった」といった曲が次から次に流され、あらかじめくじで順番が決まっている人たちがマイクをリレーした。

金、土、日にはのど自慢大会があり、日本の演歌が人気だそうだ。楊さんをはじめいろいろな人から「あなたも歌いなさい」と勧められたが、丁重に断った。実はカラオケが大の苦手なのだ。

中壢《ちゅうれき》にて

中壢市に住む宋盛章《そうせいしょう》さんは、ホテルを経営し、自宅と隣の平鎮《へいちん》市のホテルを行ったり来たりしている。身長一六〇センチ前後と小柄だが、背筋がスッと伸びて引き締まった体は堂々として見える。一九二七年（昭和二年）生まれ。宋さんは地元の公学校卒業後、私立台北中学に入った。

「中学生といっても、戦争の真っ最中で、奉仕作業で飛行場に行ったりして仕事ばかりしていました。食料にずいぶん困っていたでしょ。学校の先生の生活はきつかったんですよ。わたしはいつもうちから先生に米を持って行きました。お金を出しても買えないものでしたから、喜ばれました。

私立台北中学はほとんど台湾人です。日本人はクラスに数名しかいなかった。だから差別とかいう観念はなかった。ただ、友達は別の中学で、そこはほとんど日本人で、台湾人はよくいじめられたそうです」

宋さんには中学時代、忘れられない出来事があった。

「わたしが十六歳のときに、特攻隊が始まったんです。航空学校で短期に訓練をやって、敵に体当たりですね。わたしは柔道やってマラソンもやるでしょ、体力あったんです。片山という先生がわたしを見込んで、『あなた、特攻隊へ行きなさい』と言う。わたしは断るに断れないでしょ、非国民とか言われたら大変。『わたしは賛成します。でも、どうしても父にひと言相談させてください』と言いました。

うちは中壢でもまだ田舎のほうに住んでおったの。先生、わざわざ時間作って台北《たいほく》から汽車とバスで父に会いに来た。先生が『息子さんは、国家がどうしても必要だから、ぜひとも特攻隊に』と言うと、父は『先生のご意見には賛成します。次男三男ならばすぐにでも喜んで。ところがこれは長男ですから、この子は勘弁してください』。先生も『ならば無理にすることはありません』と。

クラスでふたり、行ったんです。ひとりは級長、もうひとりは剣道やっておった人。ふたり、行ったきりです。特攻隊には、ふたりとも志願で行ったんです。

いつの間にか行っていました。見送ることもできなかった……。だからわたしの命は……、拾った命です。わたし、いまでもそう思っています。(目頭を押さえ)申し訳ありません。昔のことを考えてね。いま考えると国家にはわたしは不忠だったんだけれども、この命は親父からもらったと言ってもいいですね。親父があのとき出しますと言ってたら、もうわたしという人間はいないですよ」

宋さんは中学卒業後、台中農林専科学校、現在の中興大学で農業化学を学び始めたが、すぐに学徒兵として志願させられ、嘉義で幹部候補生の訓練を受けた。その途中で日本敗戦を迎える。

「体は台湾人だけど、精神は日本の精神。日本人にいじめられたといえばいじめられた。でもいま考えると、結果として日本は台湾で偉大な建設をやって、偉大な精神を残した。

あのころ台湾の治安は、兵舎の脇を通れば絶対的な安心があった。いくら夜中でもお金を持っていても女の人でも平気で通った。街中でもそうだけど、兵舎の脇は安心。ところが中国兵になると逆です。兵舎の脇に行ったらいつ取られるか、女の人もいつ引っ張り込まれて強姦されるか。だから比較しなきゃわからないんです。

昔は窓も戸も開けっ放し。終戦になって大陸の人がやってきて、どんどん治安が悪くなった。なんと言いますか、こちらが思っているよりもはるかに教養のない、訓練もしてない、敗残兵ですね。蔣介石は、日本の教育を受けた台湾人、台湾を占領したという気持ちで獲ったんじゃないかと思います。台湾に来たのは一番カスな軍隊。

最初は歓迎したんです。祖国に帰ったという気持ちがあったんですよ。でも、街で強奪する、強姦する、盗む。台湾人はがっかりした」

宋さんは一九五九年（昭和三十四年）、政府の派遣による農業視察のため、初めて日本を訪れた。

「あのとき三ヶ月間おったんです。東京を中心に北海道から全部行きました。まだ、道がものすごく悪かったです。米ドルをもらって日本へ行くとものすごく安かった。一ドル五百円ぐらい。一日九ドルのおこづかいをもらってた。日本に行って、まずびっくりしたのは言葉遣いですね。台湾にいた日本人の言葉と全然違いました。違うというのは敬語を使った。台湾では『そうなんですか』じゃなくて『お、そうか』という感じ。敬語は学校では教えますが、普段は使わない。ことに警察の人からは拷問にかけられたみたいだった。日本に行って、丁寧、親切、清潔、これがやっぱりびっくりしました」

古玉英《こぎょくえい》さんもまた中壢市内に住んでいる。一九二九年（昭和四年）生まれで、台北第三高等女学校在学中に日本敗戦を迎えた。戦後、師範学校を経て教員となり、定年まで教壇に立った。滑舌よく大きな声で語る様子は、教師時代をほうふつさせる。

今も一週間に一回、池坊、草月流、通っていますよ。

女学校のときに、お茶、お花、弓を習ったんです。お作法の時間もありました。あのときの一時限は四十分。ずっと正座、つらかった。みんな一番困るの正座でしょ（笑）。日本人であろうとなに人であろうと畳のへりは踏んじゃいけないでしょ。お茶碗回したり、服作るのも後ろ身ごろ、前身ごろ、最初はちんぷんかんぷん。でも、お花、弓道の時間、楽しかった。「お作法」はエチケット方面ね。ふすまの開け方、人への対し方を教わった。

男の子とデートしたりしたら謹慎よ。翌日、学校の掲示板に「〇〇のために謹慎一週間を命ず」って貼られるの。汽車に乗っても男《おとこ》生徒は前のほう、女《おんな》生徒は後ろのほうと決まっていて、教護連盟が乗ってて、ちゃんと規則を守っているか見てるのよ。

そうね、わたしは品行方正だったから、ラブレターぐらいね。公学校時代からありましたよ。手紙を机の中にね。公学校は四組しかない。イ・ロ・ハ・ニの四組のうち、イロハの三組は男だけ、ニ組は女だけ。朝行ったら手紙が入ってる。

モテたかって? どうかしら。わたし、公学校時代から有名だったの。うちのニックネームね、「バス」というの。どうしてかというと、汽車よりも速いのが局営バス。わたし、走るのが全校で一番速かった。いつも走ったら「バスみたい」って。名前が玉英でしょ、「局営《きょくえい》」と「玉英《ぎょくえい》」、それで玉英バス。いまでも「バス」ってわたしを呼ぶ人は公学校時代の友達。

男の子の入る学校は台北一中、二中、三中。光復してから一中が建国中、二中が成功中になった。三中のあとはなにもないみたい。女の子は一高女、二高女、三高女とあって、一、二高女はほとんど日本人で台湾人は入るの難しかった。わたしは三高女。光復のあとで一高女、二高女にあまり成績の良くない人が入ったのよ。しゃくにさわるのよ。

わたし、日本時代でもやっぱり自分は台湾人、そういう気がありました。でも、日本人への反発心ない。公学校のときよく日本人の先生にかわいがってもらった。一、二年生のとき、台湾人の女先生。三、四、五、六は日本人の男先生が担任。

こういう笑い話あります。女学校のときの先生が、何十年もしてから開いた同窓会に日本から来たことがあった。みんな空港で待ってた。「せんせー、せんせー」って一生懸命呼んだら、「なんだ、みんなばあちゃんばっかりじゃないか」って（笑）。先生の記憶では女学校時代のかわいらしい姿しか覚えてない。やっぱり、懐かしい思い出、たくさんありますよ。

いま、日本語で話してますけど、北京語もできますよ。日本時代は友達とは日本語、家庭では台湾語。いまは日本語は四十点ぐらい、北京語も四十点、台湾語も四十点。全部中途半端になっちゃった。

日本人は引き揚げのとき、せかせかと帰ったんだからね。なにも連絡しないで。わたし、三高女のお友達でナガイセツコという人、とても懐かしいのよ。でも、連絡先もわからない。お兄さん、戦争で亡くなったということしかわからない。光復、日本人は終戦ね、それから消息がない。あの人だけは懐かしいね。

中壢から台北《たいほく》までは遠いから下宿したの。ナガイさんが近くに住んでいた。勉強の自習は一緒にして、わからないことは教えてあげていた。わたし、女学校の一年生からずっと級長やっていた。日本時代には日本時代のいい思い出あるし、ほんとうに懐かしいよ。

あと、空襲のときの思い出があるのよ。空襲警報が鳴って汽車が止まるでしょ。友達と一緒に鶯歌《おうか》というところで降ろされて、だれもわからない。たまたまそこの医院のお嬢さんが学校の先輩で、「みんな、こっち!」って防空壕に呼んでくれた。そうしたら、爆弾がそのお隣の家の防空壕に命中して、そこの家族みんな亡くなった。戦争といったら無情ですよ。

光復のときはいやだったよ。何かにつけて「なんだ、日本語を話してるか!」って、もうげっそり。日本時代が終わってせいせいした気持ちは全然ない。でもね、いまの台湾人、蔣介石に対して排斥しているでしょう? わたしはある程度まで蔣介石のおかげで台湾は発展したと思っているの。これは個人の考えね。どの党でもいい人もあるし、悪い人もある。蔣介石のおかげで経済も発達したと思うけど、いまの民進党からみたら、一番憎いのは蔣介石、そういうことになる。

二二八事件のとき、死んだ人、本当にかわいそう。あのとき、ほんの少しの名簿から、台湾人のいい人がたくさん国民党に殺された。うちは師範学校の生徒だったから、いったい何が起こったかわからない。

時代ってわからないものよ。わたしはうちの子どもに対して「あなたが学んで身に付けたものが一番」と言うの。二番目の息子の子どもは、みんなアメリカに留学した。台湾では光復してからは英語ばっかり。大きい娘も二番目の娘もアメリカに留学してみんな博士。そう、みんなうちの子はよく勉強します。一番目はコロンビア大学の博士、二番目はミシガン大学の博士、三番目は師範大学だから先生。師範大学は国家の金で勉強する。四番目もやっぱりアメリカ留学。

うちの孫は小学校一年のときからカナダへ行った。英語べらべら。いま、四年生。カナダ行っても頭いいからいつも一番。台湾に帰ってきたら英語というわけにはいかないでしょ。ほかの子は英語勉強するけど、あの子は北京語「ポポモホ（「あいうえお」のようなもの）」からやってる。北京語言えるけど、英語のほうが話しやすいらしい。

日本時代のことは、子どもや孫たちにはあまり言わない。どうしてかというと、いまのうちの子どもにしても光復後の生まれでしょ。娘が高校生のとき「クラスに外省人何人？」と聞いたら、「ママ。おかしい。だれが外省人で台湾人か、わたしにはわからない」。区別していない。そうやって区別しているのは六十歳以上の人。

子どもたちは、「お母さん、どうして昔、日本語教えてくれなかったの？」と言うの。息子に言わせたら、「日本語難しい」。北京語で「我《ウォー》」は、日本語では「ぼく」「おれ」「わたし」「わたくし」「うち」とかね、いっぱいあるでしょ。難しいね、わたしだけでもいろいろある。

孫のひとりが独学で勉強して日本語上手なのよ。案外、日本留学したいと言うかもしれない。

台南縣にて

張徹《ちょうてつ》さんは一九二九年（昭和四年）、台南縣《たいなん》東山郷に生まれ、地元の吉田国民学校を卒業した。台湾の公学校、小学校は一九四一年（昭和十六年）、日本と同様に国民学校に統一され、張さんが卒業するときには公学校は国民学校になっていた。

卒業後すぐに少年工として日本に渡り、神奈川県にあった高座海軍工廠へ行った。

「軍属として日本に行きました。日本の海軍が国民学校に募集に来て、先生に『試験に参加しなさい』と言われました。身体検査、学力試験をパスした者が行ったんです。

日本へ行くとき、改姓名するんです。ぼくは武佐徹男。最初は、日本に行っても勉強できると言われていました。午前中は学校、午後は仕事ということでしたが、戦況が悪くなって思うようにはいきませんでした」

張さんは、高座海軍工廠所属の台湾少年工が遠い故郷を思って作詞した「故郷を離れて」という歌を覚えていた。

♪故郷を離れて幾千里

荒波越えて堂堂と
向かうはその名も香ばしき
大和の海軍　空C廠《くうしーしょう》

ほこりにまみれて麦畑
あぜ道通りて森の中
向こうに見える煙突は
工場と思えば烹炊場《ほうすいば》

このとき張さんが歌ったのは二番までだったが、三番以降の歌詞が切ない。

雨に打たれて傘もなく
向かうは苦しい実習場
タガネにハンマー打ちつけて

見る見るうちに手が腫《は》れる
腫れて痛むも誰に言う
母は千里の彼方島《かなたじま》
わが子よ達者で働けと
祈る母の幻か

瞼に故郷を浮かべつつ
いつになったら帰るやら
過ぎしあの日を語りつつ
緑の島が恋しいぞ

「工場の組長は日本人、ぼくたちは見習い工です。女子挺身隊と一緒に働きました。彼女らは運搬とか簡単な仕事を手伝うんです。励まし合って仕事をしたんです。

挺身隊の彼女たちは十八歳以上で、ぼくたちから言えば姉さんですが、恋人同士になった人もありますよ。終戦になって台湾に帰る日を待っていた間にデートして、結婚した人もいました。台湾に引き揚げるときに女性も一緒に来た。この近所にも、奥さんが挺身隊だった日本人で、旦那さんが台湾人の夫婦住んでいますよ」

張さん宅の居間の壁には、高座海軍工廠で少年工たちが作った戦闘機「雷電」の絵が掛かっている。いまも大切にしている思い出の写真を見せてくれた。

「片瀬江の島です。江ノ島には、いまは橋があるでしょ。昔は片瀬から板のつり橋でした」

江の島をバックに若かりしころの張さんがほほ笑んでいる。

八月十五日は横須賀にいた。

「スピーカーで玉音放送を聞きました。日本人もぼくたちも、悔しいと涙を流した。ぼくたちはどこへ行ったらいいか。ぼくは十六歳。子どもですから、米軍の上陸が心配でした。もし来たら山の中に逃げ込もうと思っていた」

　戦争終結直後、少年たちの規律が乱れたが、しばらくすると、年長者たちが中心となって自治組織を作り、台湾への帰国に向けた準備を始めた。

　一九四六年（昭和二十一年）一月に日本を出発するまでの間、彼らは高座（現・大和市）の宿舎からいろいろな場所に足を延ばした。張さんは「新宿駅、いまはビルがあんなに建っていますが、当時は一面の焼け野原。浅草観音浅草寺の裏には浅草公園があって、罹災者、家のない家族がテントをいくつも張っていました」と記憶をたどった。

「日本から帰ってきたのが十七歳。それから二十歳のとき台湾の兵隊に徴兵されました」

　日本の軍人、軍属として戦い、働いた人々は、日本への協力者として戦後、中華民国体制下で厳しい立場に置かれた。中華民国の軍隊に徴集され、大陸での中国共産党との戦いの前線に送られた人も少なくなかった。

　今、張さんは農業を営み、二期作で米を作っている。趣味は読書。特に司馬遼太郎と松本清張が好きだ。『坂の上の雲』は日露戦争の日本海海戦のことがわかります。ぜひ読んでください」と勧められた。

台北の古本屋では、日本からの出張者が置いていく本が売られていて、張さんは台北に行くと必ずその店に寄るという。張さんの部屋の本棚には、日本語の本が百冊以上並んでいる。眺めていると、そこが台湾だということを忘れてしまいそうだった。

「もし日本人の若者に会ったら、わたしが日本にいた当時のことを話して聞かせます。飛行機を作って、アメリカと戦争したと言ったら、ありがとうとみんな言いますよ。ぼくたちは日本のために働いて報われることはなかったけど恨みはありません。大和は第二の故郷です」

この「大和は第二の故郷」という言葉は、その後出会った元少年工たちが口をそろえて言う言葉だった。

復興にて

台湾原住民タイヤル族[※2]の村、桃園《とうえん》縣復興郷という集落では、以前郷長（村長）をしていた林昭光《りんしょうこう》さんに会った。背が高く、がっちりとした体に優しそうな雰囲気を漂わせている。

初めに生まれ年を聞くと、「十四年（大正）」との答え。わたしが日本人だからだ。「普通は一九二五年と言いますよ」。

台湾の日本語世代が話す日本語は、わたしたちが話す日本語とイントネーションなどが違うことが多いが、林さんの日本語にはまったく違和感がない。

日本敗戦は、福岡県の大刀洗《たちあらい》陸軍飛行学校で迎えた。

「当時は、自分は日本人の軍人だと、そう思っていました」

「小学校のときはずっと日本人と一緒です。昔は日本人の子弟は小学校、台湾人の子弟は公学校、われわれ、高砂は蕃童教育所と分かれていました。ぼくは二年まで蕃童教育所、三年から小学校に行った。
佐久間（左馬太《さまた》）五代総督が理蕃[※3]五ヶ年計画というのをやった。理蕃というのは、警察の手でもってやられて、蕃童教育所では巡査が教えていました。小学校に入った当時は日本語が十分に話せなかった」

警察官が初等教育を行う教育施設「蕃童教育所」は一九〇四年（明治三十七年）に設置が始まり、〇八年（同四十一年）には台湾全土に開設された。

日本統治下で山林開発などが進むにつれ原住民の抵抗が強まった。林さんの祖父は日本に抵抗した一人だった。

「うちのじいさんがこのへんの頭目だった。明治三十六年（一九〇三年）ごろから四十一年（一九〇八年）あたりまでかな、故郷を守ろうと戦った。じいさんは、最後は降服して長男を日本側に引き渡した。この長男が親父の兄、ぼくの伯父ですね。日本人に教育されて、小学校、医学校に行って大正十年（一九二一年）ごろ学校を出た。この伯父は戦後、省議会の議員になって、白色恐怖で死にました。死刑です。

ぼくらも白色恐怖の被害者です。ぼくは中華民国の四十二年（一九五三年）から四年近く、何の尋問も受けないで、軍人監獄に入れられた。当時、ここの郷長をしていましたが、逮捕された理由はぼくにも見当がつかない。うちの弟は十五年牢屋に入れられました。弟はいまの建国高校、昔の台北《たいほく》一中を卒業してやられた」

「白色恐怖」を多くの人は「はくしょくてろ」と言うが、林さんは「はくしょくきょうふ」と言った。

「ぼくらは中国人じゃない、漢民族じゃないんだ。ぼくら原住民でしょ？　中国が来ようが日本が来ようが、いつの時代も未開の蕃人と言われて、この村は本当に苦しみました。政策に対して批判すると、みんな共産党だと言って、牢屋の中にぶち込まれたわけ。ぼくらは共産党なんてどんなものかわからないけど、表向きは共産党として引っ張られた。

ぼくらのころは原住民から旧制中学を出るのは年に一人か二人。そういう人はエリートで、危険視された。弟は一中出て、原住民の知識分子ということになった。伯父は議会の委員として政府に対する建議をやっている。それは好かれないわけですよね」

林さん夫妻と話していると、弟の昭明《しょうめい》さんがやってきた。林さんそっくりの風貌で白髪が目立つ。

「中学三年に上がるときに戦争が終わって建国高校になった。卒業生をいろいろ監視してたらしいですね、最初は気づかなかった。当時、高校における原住民の生徒は少ないから、週末にはタイヤル族出身の人が一緒にコーヒーを飲んだり、映画を見に行ったり集まっている。それが共産党の組織とされた。

ある程度まで勉強すると社会を批判したりするようになって、政府の政策も批判するでしょ。でも、当時は批判できない。日本人がおったころよりも悪い。日本時代は『悪いものは悪い』と言える空気はあった。台北《たいほく》に出て生活していると、自分の故郷と平地の生活の差異に気づく。それでわたしたちはお互い一生懸命やりましょうと励まし合う。特に自分たちの文化に関心を持つことになる。それが政策に疑問を呈したことにされる。

当時は政府の活動分子（スパイ）がおるんですね。台湾人でもちょっと『蔣介石のばかやろう』といえば、捕まって刑務所に七、八年は入るでしょ。そういう時代です。山の習慣、文化に関して興味を持って聞いてくる人には大喜びで話すでしょ。ずいぶん無邪気なものでしたが、それがとがめの理由になったりする。

突然逮捕されて、求刑は死刑でしたが、無知な青年であるから、といって十五年に減刑された。十五年入って、出てきて十年は被選挙権がなくて、公務員にもなれない。工場に働きに行くと必ず監視される。そうなると工場主は警戒するでしょ。技術面で人より優れている点がないとなかなか続けさせてもらえない。邪魔されたりね。そんなことで、刑務所を出てから絶望して、酒を飲んで、五、六年後に死んでしまう人もあった。それでもわたしはがんばってきた」

兄の林昭光さんは長年、地域のリーダーとしての立場にあり、政府に対して陳情書を提出するなどタイヤル族のみならず原住民の権利について訴えてきた。

「この地はわれわれの土地であったことがない。わたしはあなたを尊重する、あなたもわたしたちを尊重してほしい、そういうことです。いろんな権利の面において、いまでもいろんな差別があるんです。土地の所有権もないんです。戦争が終わって期待をかけた。日本時代に占領されたぼくたちの土地を返してもらえると。

ところが、ぼくらの要求することになにも応えてもらえなかった。日本時代の『蕃人所要地』から『山地保留地』に名前が変わっただけ。ぼくらも好き好んで山の中におるんじゃないんですよ。その不満というのが出てくるんですよね」

日本は、原住民が伝統的に暮らしてきた土地を国有化し、ほんの一部を「蕃人所要地」として居住地や耕作地として認めたにすぎなかったが、戦後、国民党政府も「蕃人所要地」を踏襲し「山地保留地」とした。原住民たちが遥か昔から先祖代々受け継いできた土地が、日本そして中華民国という外来政権によって百年以上にわたり蹂躙《じゅうりん》され続けている。

部屋を見渡すと、三十人以上の老若男女が大集合した写真が飾ってある。「ぼくが七十いくつのときにうちの兄弟とか集まって一緒に写したんですす」。奥さんが小さな子どもを指さして、「これが内孫、これが外孫」と教えてくれる。「母もまだおりますよ。九十八になります」と林さん。「お元気ですか？」「いやあ、もうだめだ」。お母さんは病床にあった。

写真の中のお母さんは、タイヤル族女性特有の刺青《いれずみ》を、口の周りから耳元にかけて頬を横切るように入れている。日本は一九一三年（大正二年）に刺青を禁止した。これが厳密に守られていたとして、二〇〇二年（平成十四年）当時九十八歳の林さんのお母さんは、九歳までに刺青を入れたことになるが、確認することはできなかった。日本統治時代に禁止されて以降、刺青を入れる風習は廃《すた》れていたが、〇一年（同十三年）、八十八年ぶりに男性が、〇八年（同二十年）、九十五年ぶりに女性が刺青を入れ、民族の伝統の復活を訴えているという。

（※1）忠烈祠　花蓮の忠烈祠には、鄭成功や日本の台湾領有に抵抗した劉永福や丘逢甲ら英雄が祀られている。台北に代表されるように、台湾各地にある忠烈祠は、辛亥革命以降、日本や中国共産党との戦いなどで亡くなった兵士をはじめ、中華民国のために命を落とした人々を祀っている。

（※2）タイヤル族　人口約八万九千人。北部の山岳地帯に住む。伝統的に男性、女性ともに顔に刺青を入れていたが、日本統治時代に禁止された。

（※3）理蕃五ヶ年計画　一九一〇年（明治四十三年）、第五代台湾総督、佐久間左馬太が「五箇年計画理蕃事業」に乗り出し、「出草《しゅっそう》」と呼ばれた首狩りの風習の根絶や、土地の国有化、日本語の普及など、原住民への統制を強めた。

あとがき

わたしは南国的な顔立ちのせいか、初めて台湾に行ったときから、台湾滞在中に必ず一度は道を聞かれる。それだけ街になじんでいるということでうれしい限りなのだが、あいにく不案内であるし、言葉も通じない。下手な台湾語で「ごわしぃ りっぷんらん（私は日本人です）」と答えるのが精一杯だ。外国人が台湾語を話すのは珍しく、台湾の人たちはわたしの不器用な返事に大笑いしてくれる。それがうれしくて北京語よりも台湾語を使う。

台湾には取材で何度も通ったが、台湾語、北京語はいっこうに上達しなかった。それというのも、不遜ではあるが、取材はすべて日本語で通したからだ。

彼らの言葉は、日本人であるわたしが訪ねて行き、日本語で問い、日本語で語ってもらうという作業の中でこそ出てきたものではなかったか。もし、わたしが台湾人で、台湾語や北京語でやりとりしていたら、同じ話を聞かせてもらえただろうか。彼らは、わたしの向こうにいる日本人に伝えたいことを、日本語にのせて吐き出してくれたような気がする。

わたしは、出会った人たちの言葉に驚き、怒り、嘆き、喜び、その気持ちを原動力として取材を続けた。一人ひとりの話を聞いていくうちに、個々の体験、経験が積み重なって時代が作られ、歴史が紡《つむ》がれていくのだということを強く感じた。台湾が日本統治を受けていたことは、彼らにとっては決して過去のことではなく、いまもなお続いているし、彼らが生きた時代の延長線上にわたしたちは生きている。彼らは温かくかつ厳しい視線を今の日本に送り続けている。

台湾のお年寄りに向き合うということは、自分が日本人であるということ、日本という国について考えることでもあった。

たとえば日本人について考える。台湾の日本語世代が「自分はいまでも日本人」というとき、彼らは、日本統治下の台湾で、自分を日本人と強く意識しなければ日本人でいられなかったのだということを思う。そういう彼らに対峙して初めて、自分が日本人であることを自覚した。

たとえば日本という国がしてこなかったことについて考える。日本は、一九八〇年代後半になって台湾の旧軍人、旧軍属の戦没者等の遺族または戦傷病者で著しく重度の障害の状態にある人もしくはその遺族に対し、一人二百万円の弔慰金、見舞金を支給した。しかし、無傷で戦場から戻ってきた人たちには、なんらの補償もしていない。

たとえば愛国心について考える。映画『台湾人生』公開時、蕭錦文さんが来日した。彼は会場に向けたあいさつの中で、「いまの日本のみなさんには愛国心が足りないんじゃないですか？」と問いかけた。自ら戦場を体験し、「戦争は絶対だめ」と言い切る蕭さんは、「愛国心」と「戦争」は別のものだと教えてくれた。

取材を受け入れてくれた人たちをはじめ、映画『台湾人生』の制作、宣伝に関わってくれたすべての人、そしてＤＶＤおよび本の出版に至る過程で出会った人たちの支えがあって、この本をみなさんのもとに届けることができた。心から感謝を伝えたい。

この本を読んで台湾を訪れる人がいてくれたらうれしい。台湾を旅するとき、日本語が流暢なお年寄りに出会ったら、その日本語の裏側にどんな人生があったのか、ほんの少しだけ思いを寄せてほしい。

そして、もうひとつ考えてほしい。なぜ、台湾は「台湾」として世界に認められていないのか。国の進む道を決めるのは、その国の人たちだ。わたしたちはその歩みをしっかりと支えられる日本、そして日本人でありたい。

初めて台湾に行き、バス停のおじいさんに出会ってから十二年が過ぎた。わたしはこれからも台湾に通い続ける。台湾には、日本人として知らなくてはならないことがまだたくさんあると思うから。

二〇一〇年二月　旧正月の元旦に

文庫版あとがき――すべては「台湾人生」から始まった

二〇一八年は、初めて台湾へ行って二十年、映画『台湾人生』が公開されて九年、単行本「台湾人生」が出版されて八年になる。わたしは相変わらず台湾に通っている。そして、相変わらず道を聞かれ続けている。

この間、二〇一一年の東日本大震災の際に、台湾から二百億とも三百億とも言われる義援金が寄せられ、日本人は改めて台湾という国の大切さに気づかされたのではないだろうか。

振り返るとこの二十年、寝ても覚めても台湾のことばかり思ってきた。台湾を舞台とする映画として『台湾人生』に続き、『空を拓く―建築家・郭茂林《かくもりん》という男』『台湾アイデンティティー』『台湾萬歳』を監督した。たくさんの人に会い、お話を伺い、カメラを向けさせていただいている。その中でも、わたしの台湾に向き合う姿勢の根っこを作ったのが、本書に登場する人たちと過ごした日々だったと言える。

陳清香さんには、二〇〇二年に本格的に取材を始めた当初から、台湾へ行くたびにお話を伺った。初めて会ったとき、陳さんはまだ七十六歳だった。「いまの日本人はだらしない」と活を入れられたことが今でも忘れられない。幼馴染みの仲間たちとの食事会に誘われ、陳さんはじめ、みなさんの健啖ぶりに驚かされたことも懐かしい。

蕭錦文さんとは、両親に台湾を知ってほしいと案内した総統府の見学コースで出会った。そして、もっと話を聞きたいと台北二二八紀念館に訪ねて行った日から十一年が経った。もうすぐ九十二歳。「動作が鈍くなったから」と、ボランティア解説員は引退した。ときおり日本から知人が訪ねてくると、自宅に招いて食事をともにするという。

宋定國さんは、二〇〇七年の取材のときを最後に千葉県にある恩師のお墓参りができていないことを、いつも気にしていた。同窓会に招かれた宋さんが、中年になったかつての教え子たちに囲まれて、「いつまでたってもみんなかわいい」と目尻を下げていた姿が、ついこの前のことのように思い出される。

タリグ・プジャズヤンさんには映画が完成した二〇〇八年（平成二十年）三月、すぐにＤＶＤを送った。入院前に映画をご覧になったという。病床に見舞った際、すでに目を開けることも言葉を交わすこともできなかったが、「息子さんにお渡しします」と中国語字幕のＤＶＤを手元に近づけると左手でぎゅっと握り返し、右手の拳をぐっと突き上げてくれた。帰国後、成田から東京に向かう列車の中で涙が止まらなかった。

楊足妹さんのところへは、友人と一緒に訪ねたりもした。いつもぴかぴかに日焼けした笑顔で迎えてくれ、近所の製茶工場でおいしいお茶をごちそうしてくれた。会うたびに日本語がうまくなっていくのがわかった。子どもたちはいつも一緒に暮らそうと言っていたそうだが、楊さんは断り続けた。茶摘みを引退してすぐに病に伏せったと聞いた。

陳さん、宋さん、楊さんは、タリグさんのあとを追うように、次々とあの世へ旅立った。人生の先輩たちが先に逝くのは世の常とはいえ、さびしさはぬぐえない。しかし、同時に、みなさんの言葉を預からせていただいてよかったという思いもある。彼らの大切な言葉を残すことができた。

「わたしたちはいったいなに人？」という陳清香さんの言葉がきっかけとなり、日本語世代を取材した三作目の映画『台湾アイデンティティー』が生まれた。台湾の日本語世代のアイデンティティーのゆらぎを描くとともに、彼らはなに人なのかを明らかにしようとした。しかし、それは間違いだったと気づいた。国がどう変わろうと、彼らが生きた人生そのものが彼らのアイデンティティーなのだと確信した。陳さんは言っていた。「わたしね、台湾人であることを全《まっと》うするだけ」と。そう決めて生き切った人生が、陳さんのアイデンティティーだったのだ。

取材を続ける中で、台湾を見れば日本が見えてくるとの思いをさらに強くした。日本兵として敗戦を迎えた呉正男《ごまさお》さんはシベリアに抑留された。インドネシアに残り、オランダからの独立戦争を戦った宮原永治（李柏青、インドネシア名：ウマル・ハルトノ）さんもいた。彼らがたどった道は日本の戦後そのものだった。

二人の戦後の始まりは苦しい日々だったが、呉さんは「シベリアにいたから二二八事件に巻き込まれずに済んだ」と振り返り、宮原さんは「国籍がインドネシアだからインドネシア人として死ぬ。英雄墓地に入るんだ」と、あっけらかんと語った。

日本統治が終わった後の台湾もくっきりと見えてきた。蕭錦文さんが白色テロで弟さんを亡くしたことを語ってくれたが、同じ時期に高菊花《こうきくか》さんも父親を銃殺刑で奪われていた。父の高一生《こういっせい》さんはツオウ族のエリートで、戦前は台南師範学校を卒業し、地元の巡査兼蕃童教育所の指導者を務めた。戦後は原住民族の自治を主張して当局から監視されていた。十人兄弟の長女だった菊花さんは父亡きあと、家族を支えるために歌手となり、国民党軍の前でも歌った。

張幹男《ちょうみきお》さんは二十八歳から三十六歳までの青年期の八年間を政治犯収容所で過ごした。最後のインタビューが終わったとき、「それにしても酒井さん、粘ったからねえ」と言われた。当初はどんなにお願いしても、撮影は勘弁してくれと断られ続けた。それでも、台湾へ行くと必ず会いに行き、ともに杯を重ねた。あるとき、張さんが折れてくれたのだった。とにかく、あきらめないこと。その一点で張さんに受け入れてもらえたと思っている。

張さんの最後のシーンは公園のベンチで撮影した。実はこの公園、わたしが台湾へ行くきっかけとなった映画『愛情萬歳』のラストシーンが撮影された大安森林公園なのだ。屋外でお話を伺おうとなったとき、真っ先に浮かんだのがあの公園だった。

宋定國さんの取材で行った高座海軍工廠の同窓会「台湾高座会」で知り合った黄茂己《こうもき》さんは、戦後、小学校の教師となった。同僚二人が銃殺され、眠れない夜が続いた。「蔣介石の政治が民主主義と言ったら、おへそが茶を沸かしますよ」。〝へそが茶を沸かす〟という表現を使える若者が、いまの日本にどれぐらいいるだろう。私生活では、高座で出会った日本人の妻との間に六人の子どもに恵まれた。先に逝った妻を想い、「来世また、縁があったら一緒になりましょう」とつぶやいた瞳は愛にあふれていた。

映画『台湾人生』が公開されたあと、縁あって建築家の郭茂林さんを撮らせていただいた。『空を拓く―建築家・郭茂林という男』だ。日本初の百メートルを超える高層ビル「霞が関ビル」の建築プロジェクトを支えたのは台湾人だったと、そのとき初めて知った。

台北で生まれた郭さんは、日本統治下の台湾で建築の基礎知識を身につけ、当時の鉄道省に就職するため東京へ。職場の上司の推薦で東京大学の聴講生となった。

地震国日本での初の超高層ビル事業は、最先端の研究成果を集約するところから始まった。約二十年、研究室の助手として東大に在籍した郭さんは、建築学に精通していたのはもちろんのこと、学界の権威たちを知り尽くしており、見事にまとめ役を果たしたのだった。

その後、新宿副都心計画、浜松町の世界貿易センタービル、池袋サンシャイン60など、日本の超高層のさきがけとなった数々のプロジェクトをけん引したほか、台湾でも台北駅前の三越がある新光生命保険ビルを手掛けるなど、日台双方で功績を残した。

一度だけ、カメラが回っていないところで郭さんが「台湾精神」という言葉を使ったことがあった。「なにくそ負けるもんか、という気持ち」。建築を学んだ台北工業学校では日本人と机を並べた。日本人に比べ、台湾人の学生にとっては狭き門をくぐっての入学だった。勉学も部活動（郭さんは陸上部）も「日本人に負けたくない」という思いがいつもどこかにあった。

「日本精神」は「まじめで正直で約束を守る」というような意味で、いまも台湾で誉め言葉として使われるが、「台湾精神」は郭さんから聞いたきりだ。とはいえ、日本統治下の台湾で青少年期を送った人たちは、だれもが心のどこかに「台湾精神」を抱いていたのではないかと思う。

日本語世代が生きた時代は、戦前は日本人として生きざるをえなかったうえ、戦争によって台湾でも多くの犠牲を出した。戦後は国民党の独裁下で言論の自由を奪われるという、苦難の連続だった。それでも、彼らは自らの人生を振り返るとき、明るく、強く、潔く語ってくれた。彼らのこのエネルギーはいったいどこから来るのだろう。そんな素朴な疑問がわたしの中で大きくなっていった。

その答えを探す作業が『台湾萬歳』という映画を作ることだった。激動の時代にも、台湾の大地や海に向かってコツコツと働いてきた人たちがいる。時代に翻弄された人たちがいた一方で、どんな時代にも変わらない生活を送ってきた彼らの存在があったからこそ、いまの台湾があるのだと思った。

最終的に台東縣の成功鎮にたどり着き、元漁師でいまは毎朝畑仕事をしている張旺仔《ちょうおうし》さん、アミ族の漁師、オヤウ（許功賜）さんとオヤウ・アコ（潘春蓮）さん夫妻、そして、中学校の歴史教師にしてシンガーソングライター、延平郷桃源村に住むブヌン族の Sinsin Istanda（柯俊雄）さんに出会えた。

張さんの日焼けした笑顔は、働き者だった楊足妹さんを彷彿させた。一九三一年（昭和六年）生まれで、わたしたちとは日本語でやりとりしてくれた。畑仕事が終わって世間話をしているとき、気持ちよさそうに「台湾楽しや」を披露してくれ、歌い終わったあと、「台湾は宝島。どの国も台湾を獲る、そういう争いをしてますよ」と笑った。この言葉は『台湾萬歳』の最後を締めくくることとなったのだが、台湾の長い歴史をこんなに簡潔に言い表してしまうとは。成功鎮という人口約一万五千人の小さな町で魚を獲り、畑を耕しながら、張さんはいろんなものを見て、感じて、考えてきたのだ。

オヤウさんは一九四七年(昭和二十二年)、戦後生まれにもかかわらず、かなり流暢な日本語を話す。子どものころ、両親が家の中で日本語を使っていて、聞いて覚えた日本語だという。日常生活では、相手によってアミ語と台湾語、中国語を使い分けるが、地元の高校の体育館で映画の完成披露上映会を開いた際、「地元だからいいでしょ」と言って、アミ語であいさつをしたのがとても印象に残った。

撮影現場では、できるだけその土地の言葉で挨拶するよう心掛けている。基本中の基本、「ありがとう」は台湾語で「多謝《ドーシャー》」、ブヌン語で「ウニナン」。あるとき、アコさんに「アミ語でありがとうは?」と聞くと、彼女はしばらく考え込んだあと、「ないねえ」と答えた。???　ありがとうが、ない?

アミ族は台湾原住民族で唯一、代々、女性が家督を継ぐ母系社会を構成していた。そのこととなにか関連があるのだろうか。女性が強い社会では、何かをあげること、もらうこと、そして何かをしてあげること、してもらうことはごく当たり前の行為であって、わざわざ感謝の意を伝える必要がなかったのではないか。そんな素敵な社会があるなんて、いままで考えたこともなかったが、こういうこともいまの台湾の人々のやさしさにつながっているのかもしれないと思った。

アコさんの叔父は第二次世界大戦後、国民党兵として中国での内戦に派兵され、共産党に捕らわれた。故郷に帰る日を夢見て、独身を貫いた。成功鎮の土を踏めたのは四十三年後の一九九一年。六十五歳になっていた。日本人にとっての戦争は第二次世界大戦で終わったが、台湾の人たちの戦争は続いていた。元日本兵で、国民党兵として中国へ行き、最後は共産党兵となった人もいた。

ブヌン族の Sinsin Istanda さんの愛称は「カトゥ」。祖父の日本名が加藤四郎だったから。同じ村に「Ringwood」という呼び名の人がいて、もしやと思い由来を聞いてみたところ、おじいさんの日本名が鈴木だった。一九七四年（昭和四十九年）生まれのカトゥさんとは、通訳を介して話をした。

彼の幼なじみのダフさんと森へ狩りに行ったときのこと。一晩中歩いても何も獲れないこともあると聞いていたが、その日、ダフさんは二時間ほどのうちに二頭のキョンをしとめた。何かコツがあったのかと聞くと、「ゆうべいい夢を見たから」と返ってきた。そんな言葉がさらりと出てくる人たちだ。

彼らが暮らしている場所は、日本統治時代の強制移住で高地から移ってきたところだ。移住前に暮らしていた場所を訪ねることを「尋根《シュンクン》」（ルーツ探しという意味）と言い、子どもたちも一緒に旅に出る。徒歩でしか行くことができないそうで、途中、キャンプをしながら三日かけて歩くそうだ。往復六日。取材当時八十九歳だったMulas Takiludunさんは、「子どものころに山を下りたきり一度も戻ったことがない、若い人たちにふるさとを守ってほしい」と語った。日本の福島をはじめ世界には、さまざまな理由で故郷を奪われた人たちがいる。その人たちに思いを寄せると同時に、かつて日本が奪う側にあったことも胸に刻んでおかなければならないと思う。

カトゥさんは子どものころ、中国出身の退役軍人が村に入ってきて、小さな商店を営んでいた姿を見ており、その様子を歌にしていた。日本が台湾を去ったあと、中国から国民党兵も含め約二百万人が台湾にやってきたとされる。兵士の多くは自らの意思に反して連れてこられた。アコさんの叔父と正反対に、中国から台湾へ行き、身寄りもなく、孤独な後半生を送らざるを得なかった人もたくさんいた。

台湾という島には太古から原住民族が暮らしてきたが、十七世紀以降、多様な人や外来政権を受け入れてきた。わたしが台東縣で出会った人たちは、家族を思いやり、常に先祖や神に祈り、命をいただくことの意味を知っていた。人が生きていくうえで大切にしなければならないものが台湾にはいまもちゃんとある。豊かな自然が人々の怒りや悲しみを包み込み、癒すこともあるだろう。そういう土地だからこそ、人々は強く、明るく、しなやかでいられるのだと思う。わたしは、そういう人たちに出会ってきたのだ。

二〇一六年、民進党の蔡英文が女性初の台湾総統となった。民進党を全力で応援していた陳清香さんが生きていたら、どんなに喜んだことだろう。また、蔡総統は同年八月一日「原住民族の日」に各部族の代表を総統府に招き、過去四百年にわたり原住民族が受けてきた苦痛と不平等に対し、台湾政府を代表して謝罪した。あの世にいるタリグさんの心配が少し和らいだだろうか。わたしたち日本人は、過去四百年の中には日本統治時代も含まれることを忘れてはならない。

さらに同年末には、鄭南榕氏の命日四月七日を「言論の自由の日」とすることが決まった。八年前、単行本を書くときに、どうしても鄭さんのことに触れておきたいと思った。ひとりでも多くの人に彼のことを伝えることでしか、彼の無念を晴らすことはできないと思ったからだ。いまでは、台湾の国家が彼の遺志を受け継いでいる。時の流れをしみじみと感じる。

日本語世代のみなさんは、自分たちの死後、台湾と日本の関係はどうなるのかという心配を口にされるが、「どうぞご心配なく、あとはおまかせください」と伝えたい。『台湾萬歳』の撮影で全面的に現地のサポートをしてくれたのは、わたしと同い年の陳韋辰《ちんえいたつ》さんだった。もちろん、わたしたちはそう若くはないが、年寄りでもない。まだまだ頑張れる。陳さんは日本への語学留学を経験しており日本語はぺらぺら、妻は日本人。日台の友好のためならなんでもするという人だ。わたしはというと、相変わらず台湾語も中国語もあいさつ程度しかできない。これからの時代は日本語で甘えていくわけにはいかない。と、わかってはいるものの、きっとこれからも、たくさんの方に支えていただきながら、台湾に通い続けるのだと思う。

最後に、これまで取材を受けてくださったすべての方々、ずっと一緒に映画を作ってきた撮影の松根広隆さん、そして、文庫化の機会をくださった光文社の小松現さん、細やかな助言をくださった三野知里さんに心から感謝申し上げます。

二〇一七年十一月　よく晴れた秋の日に

章扉写真／邱　柏喬
本文デザイン／原田恵都子（Harada+Harada）

知恵の森
KOBUNSHA

台湾人生《たいわんじんせい》
かつて日本人《にほんじん》だった人《ひと》たちを訪《たず》ねて

著　者—酒井充子（さかい あつこ）

2018年　1月20日　初版1刷発行

発行者—田邉浩司
組　版—萩原印刷
印刷所—萩原印刷
製本所—ナショナル製本
発行所—株式会社光文社
東京都文京区音羽1-16-6 〒112-8011
電　話—編集部(03)5395-8282
書籍販売部(03)5395-8116
業務部(03)5395-8125
メール—chie@kobunsha.com

ISBN978-4-334-78736-3　Printed in Japan